献给杰基、芬恩和肖恩。

——约恩·科尔弗

献给韦夫、莱克西、费希尔，我永远爱你们。

——安德鲁·唐金

献给保拉。我们都值得生活在更美好的世界里，并且我们依然在一起。

——乔瓦尼·里加诺

GLOBAL

迷失的家园

全 球 变 暖 之 后

[爱尔兰] 约恩 · 科尔弗 [英] 安德鲁 · 唐金 著
[意] 乔瓦尼 · 里加诺 绘 王冬芳 译

科学普及出版社
· 北 京 ·

致 谢

感谢顾问薇薇安·弗朗西斯、
技术支持安东尼奥·希罗科，
以及卓越的霍德工作团队。

这一边
我并不是被海浪声吵醒的。
因为我的生活中每时每刻都充斥着海浪声，所以我从来不会被它打扰。
就连爸爸离开的那个晚上，海浪声都没有把我吵醒。要是那天我醒了，该有多好。
啊！
萨米？
是啊，爷爷。
又来了，上次过去还没多久呢。真是越来越频繁了。
听……你听到礁石移动的声音了吗？
不，那不过是海水漫过海堤的声音罢了。
到这边来，咱们接着睡觉吧。
明天早晨，他们会让咱们搬家吗？
有可能，如果他们能讨论出个结果的话。

印度洋，孟加拉湾
小渔村
“我们必须得搬家，再往里面搬搬。”
“光靠咱们自己，哪能修得成?”
“之前那条堤坝修成了又怎么样，还不是挡不住风暴，早就塌了。”
“我们不能把时间浪费在争论要不要修筑新海堤上，我们得去捕鱼。”
“不行，我看应该修一条更结实的堤坝。”
“咱们应该凑钱买一艘深海拖网渔船。”
“渔船太贵了!”
“我们可不能跟大公司较劲，他们会弄死我们的。”
第1章

他们一说起来
就没完没了。
你还
指望什么呢，
萨米？
“日子还是得接着过，只盼
着咱们能捕到更多的鱼。”
“大家都需要靠捕
鱼来养家糊口。”
“还要买新的床。”
“这里有些家伙不是
咱们村的。”
“他们从海上来，应该
回到海上去。”
“我们必须搬家，
再往里面搬搬。”
每个人都很有想法，
但是每个人的想法都
不能实现。大海才不
管人们怎么想呢。

我叫萨米，这是我爷爷所罗门。
咱们该怎么办?
找个更高的地方住。
找一个海水不会像贼一样溜进来的地方。
我今年 12 岁。
剩下的空地不多了。
咱们会找到的。
干活儿吧，孩子。别看这会儿他们说得起劲，总有说完的时候。
上次咱们把这个放反了，结果它漏了。
咱们得长点儿记性，已经给它挪了太多次地方啦。
今天一定能捕到很多鱼，我有预感。
喂——

喂！那是我们的屋子！
这东西是从海上来的，就跟你一样。
谁捞到算谁的。
喂！还给我！那是我们的！
你要是不喜欢这儿，就回海上去啊。
我们回不去了，我们真正的家已经被淹没了。
这是我的！
这是我们的！
阿布，我找到了小莎法的洋娃娃。
她一定很想这个娃娃吧，尤其是在晚上被海浪声吵得厉害的时候。
你们是来帮忙的吗？我每天都感谢老天，能够有你们这样的朋友。

世道艰难，好人难当。咱们得提醒他们不要变坏。
咱们也会变坏吗？
咱们？永远不会。
朋友们，太感谢了。要不是有你们帮忙，我们两个可搭不完。
请收下这个吧。
我们生活在这里。
这里的风景很美丽。
这里的天气很温暖。
这里的生活很艰难。

一年四季，我们干活儿越来越辛苦，却只能勉强维生。
我们穷困潦倒，苦苦挣扎。
我一直为你感到骄傲，萨米。你从不放弃任何机会，就像你爸爸一样。
我们冒着更大的风险出海，捕到的鱼却更少了。
爷爷，他们在哪儿？
咱们必须去里面。
他们在哪儿？
三年前
他们心里有数，会没事的。咱们得去里面躲一躲。
他们在哪儿？
咱们必须得走了！萨米！

划船、捕鱼、睡觉。
划船、捕鱼、睡觉。
每天如此。

但捕鱼变得越来越难。
每过一季，鱼就会变少一些。
而且鱼群出没的位置
也距离海岸越来越远。

至于出现这种情况的原因，人们有
不同的看法。有人说是因为大海生
气了，有人说是因为外国大公司的
船只偷偷抓走了所有的鱼。
爷爷认为，是大城市
给海洋带来了污染。

很难确定真正
的原因是什么。

我只知道，虽然地球很
大，但是我们生存的地
方却每天都在缩小。

另一边
这片土地上生活着两种熊：北极熊……
和棕熊。
对吗？
不对。
全球变暖导致这两种熊的栖息地出现了重叠，现在北极熊和灰熊（棕熊的亚种）正在进行杂交繁殖，所以这里还生活着第三种熊。
这些熊被称为灰北极熊。
问题是，大自然跟灰北极熊开了个玩笑。它们生下来既没有在冰面上捕猎的能力，也没有在河里捕捉鲑鱼的能力。
这是所有可能性中最糟糕的情况。这个玩笑一点儿也不好笑。
是人类破坏了它们的栖息地，是人类导致了杂交熊的降生，可现在要杀死它们的同样也是人类。
除非我能帮它们做点儿什么。

第2章
我得去上班了！
出门前，别忘了把小风放出来。
祝你今天上课顺利。不管怎样，我相信一定会……
再见，妈妈……
妈妈是个工作狂，她绝对是镇上最忙碌的人，
绝无仅有的大忙人。
开车离开时，妈妈正在打电话，很可能是在安排会议什么的。
对妈妈来说，今天又是工作繁忙的一天。
一如既往。
不过这次对我来说是一个绝佳的机会。
鲸
请勿打扰
由纪

我叫由纪。这是我的狗，它叫“破伤风”。
请勿打扰
今天就行动，宝贝。不要告诉任何人，好吗？
我今年 14 岁。
在这里等着，直到听见我的口哨声，好不好？
对一条狗来说，“破伤风”真是一个非常酷的名字。
我妈妈是一名房地产经纪人，她帮助人们搬离我们这个偏僻的小镇。
通常搬到城市里去。有时候，我也会搭把手。
去年夏天，我们帮我最好的朋友莎拉一家搬离了小镇。
现在，我们仍然是最要好的朋友，只不过，只有通过屏幕才能见面了。
这是妈妈的工作职责所在。
我理解。
但是，我想念莎拉。

加拿大北部，北极圈内
我们的小镇。
留下来的部分。
现在，这里空置的房子比住人的房子还要多。我知道，是因为我一一数过。
离开小镇的人逐年增多。
显然，有机会离开的人全都走了。

注意听。

学校的老师以为我在上课外班。
课外班的老师以为我在学校。
其实这两个地方我都没有去。
我正在执行一项任务：拯救灰北极熊。
冬天越暖和，海里的冰就越少。老师说，冰减少了，生活在冰面上的动物也会跟着减少。
北极熊需要在冰面上捕猎。
冬天的冰越少，就会有越多的北极熊要忍饥挨饿。
她是斯特恩太太。
喜欢从窗帘后面偷窥。
这就是我不能跟“破伤风”一起出发的原因。
最近，有几只饥肠辘辘的熊在镇上游荡。
四天前
这不是你该操心的事情，由纪。
我认为最好由镇议会出面，来决定它们是否危险以及大家应该采取什么措施。
不是吗？
咻咻咻咻！

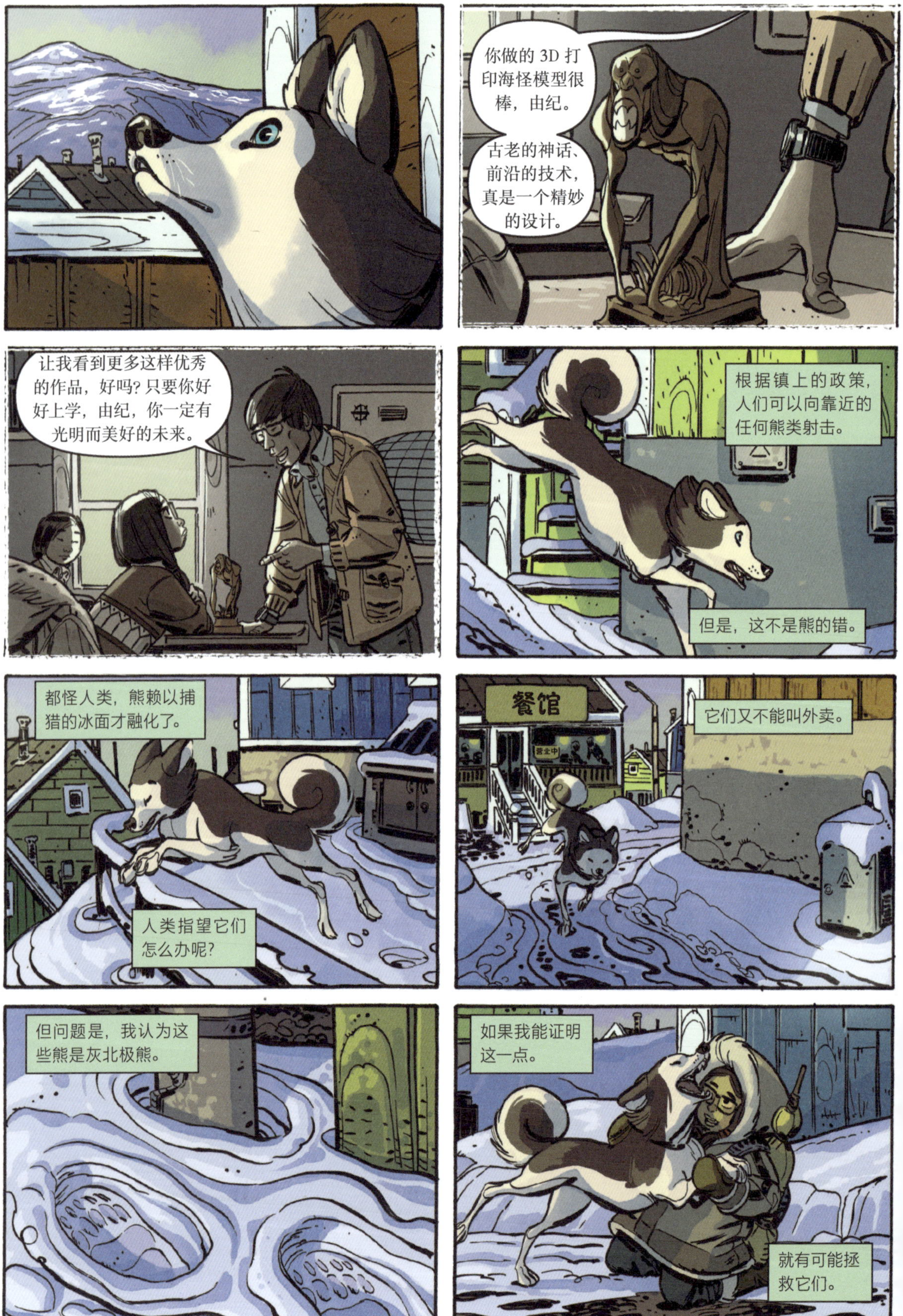
你做的 3D 打印海怪模型很棒，由纪。
古老的神话、前沿的技术，真是一个精妙的设计。
让我看到更多这样优秀的作品，好吗？只要你好好上学，由纪，你一定有光明而美好的未来。
根据镇上的政策，人们可以向靠近的任何熊类射击。
但是，这不是熊的错。
都怪人类，熊赖以捕猎的冰面才融化了。
人类指望它们怎么办呢？
餐馆
它们又不能叫外卖。
但问题是，我认为这些熊是灰北极熊。
如果我能证明这一点。
就有可能拯救它们。

现在是上午 9 点，距离妈妈回家还有 7 个小时，我一定要赶在妈妈之前回到家里。
我的手机响了，是莎拉。
你真的要这么做吗？
实际上，走不了多远你就会意识到，城镇其实很小，而荒野却无边无际。
只要过了这里，我的手机就没有信号了。
我只回复了莎拉一个字。
是。
我刚要把手机放回口袋，就收到了莎拉的回复。
一路小心！
当然，我会的。

准备好了吗，小风？
咱们开始找吧。
希望今天运气不错。

这一边
印度洋，孟加拉湾
整整七天，我们简直是倒霉透顶。
划船、捕鱼、睡觉。
几乎一无所获。
爷爷？咱们是不是该……
是的，到时候了。
在我们平时捕鱼的海域里，渔民太多了，鱼根本不够大家捕的。
他们的渔船搅起了沙子。
他们的影子惊动了鱼。
如果我们捕不到鱼，没鱼可卖，就没有饭吃。
第3章
这里不大行。
咱们不该再往远处划了，这样不妥。
天气晴朗，也没有风暴预警，不会有事的。
我不想带你划太远。
这里没有危险，爷爷。
大海上永远都有危险。
我想一下子捕到很多鱼。
这样，接下来几天我们就能休息。
爷爷也就能歇一歇了。

爷爷心里不踏实。
但是我们别无选择。
我们沿着海岸划了几个小时。
然后向海上前进。
把村子后面的一座座大山连成一条线，你就能知道过去渔场的位置了。
那些大山就像兄弟一样排成一排。
你能认出这片海域吗?
咱们离原来的家很近了。
虽然我们不再拥有你妈妈的幸运刀，但是咱们现在离它不远，说不定好运会传到咱们身上。
没错……
那时我还很小。
我们的房子是用木架搭在沙滩上的。
跟其他房子建在一起。
海平面一直在上升。
那天刮了一场猛烈的风暴，情况比预想的更加严重。
爸爸和妈妈再也没能回到岸上。
这是什么……

海水中有血迹!
我们循着血迹划过去,
小心翼翼地,
缓缓地。
可能是一条大家伙,也许我们能把它捞回去。
只要我们能赶在它被吃掉或者沉下去之前找到它。
是一条鲨鱼!
它被塑料网缠住了,漂浮在海面上。
它一动不动,
要么是死了,要么是累得没有力气了。
爷爷,它死了吗?
不知道。看着不动弹,但咱们得确认一下。
妈妈的好运气果然传到咱们身上了。咱们可以卖掉这条鲨鱼,换回一两个星期的食物。
也许吧。但咱们得先把它弄上船。
它太大了,但咱们的船可不怎么大。
我们开始做准备。
平衡船头和船尾。
固定好所有可能会漂走的东西。
爷爷戴上手套。
手套上到处都是破洞。但是等我们把这条鲨鱼捞回来,就能买副新手套了。

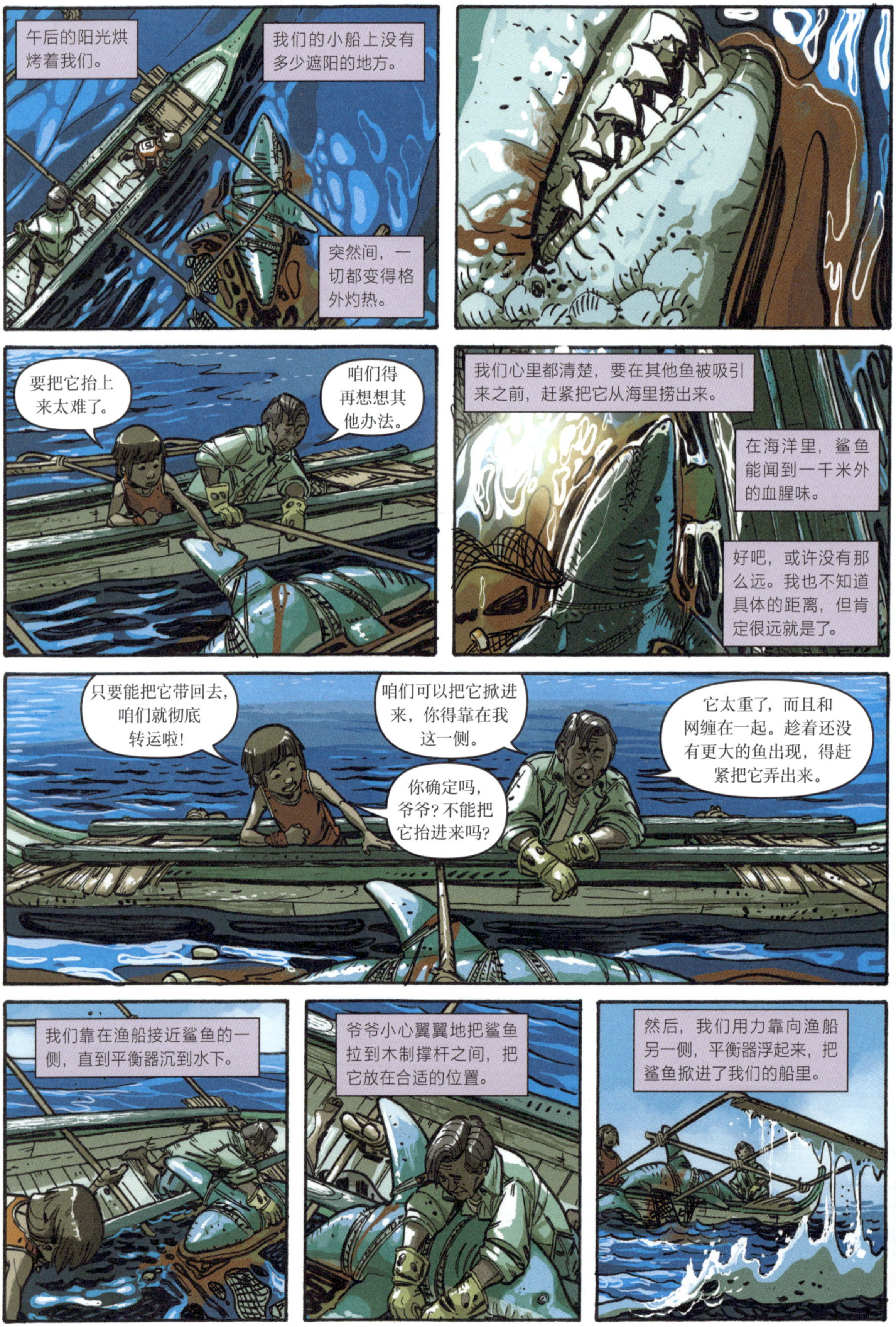
午后的阳光烘烤着我们。
我们的小船上没有多少遮阳的地方。
突然间，一切都变得格外灼热。
要把它抬上来太难了。
咱们得再想想其他办法。
我们心里都清楚，要在其他鱼被吸引来之前，赶紧把它从海里捞出来。
在海洋里，鲨鱼能闻到一千米外的血腥味。
好吧，或许没有那么远。我也不知道具体的距离，但肯定很远就是了。
只要能把它带回去，咱们就彻底转运啦！
咱们可以把它掀进来，你得靠在我这一侧。
你确定吗，爷爷？不能把它抬进来吗？
它太重了，而且和网缠在一起。趁着还没有更大的鱼出现，得赶紧把它弄出来。
我们靠在渔船接近鲨鱼的一侧，直到平衡器沉到水下。
爷爷小心翼翼地把鲨鱼拉到木制撑杆之间，把它放在合适的位置。
然后，我们用力靠向渔船另一侧，平衡器浮起来，把鲨鱼掀进了我们的船里。

它死了有一段时间了，还没有沉下去，是因为网里面的空气能让它浮在海面上。
咱们真幸运。没有其他饥饿的鱼在咱们之前发现它。跟我像你这么大的时候比起来，这片海域里的鲨鱼数量可少多了。
一艘载着巨大金属集装箱的船沿着地平线慢慢地航行，没有理睬我们，像往常一样。
卖的钱咱们该怎么花呢？给你买一副新手套？彻底地翻修一下船身？或者把家搬到远离海岸的租住区里面去？咱们现在走大运啦，接下来也要顺顺利利才好。
咱们不是刚刚搬过家吗。租房太浪费钱了，咱们应该修一修捕鱼工具，为以后做好准备，再多买一些你上学用的书。
不然买一根新的鱼叉吧。你知道我不喜欢现在这根鱼叉的重量，不趁手。
萨米。
我敢说，有了新鱼叉，我肯定收获满满。
萨米！
我们划着船。
夜幕降临。
海浪拍打着渔船。
嘿，那是一艘船！
别挥手，萨米。咱们得赶紧走！
出什么事了？
赶紧划船吧，萨米。

那是一艘海盗拖网船。我们平时出海没这么远，没有遇到过他们。
他们的船员通常是从内陆过来的，大多一是些家里农田干裂、没有什么收成的农民。
爷爷说，他们负债累累，如今成了现代社会的奴隶。
船臂上的灯亮着绿光，照射着海面。
灯光吸引了附近的浮游生物，乌贼紧随其后。
拖网船将乌贼一网打尽，
足足有几百只。
拖网船关掉引擎，向我们漂过来。
甲板上有人盯着我们。
爷爷，咱们该怎么办？
咱们什么也做不了，萨米。
也许他们只是想确认一下咱们没出事？
也许吧。
爷爷低头看着我们的鲨鱼，他的想法跟我一样，但是我们根本没有办法把鲨鱼藏起来。
一个男人从拖网船上朝我们大喊。

那小子，你们捕到什么了？
我们只是小渔民，捕的不多。
他们会抢走我们的鱼。
不是因为他们需要鱼，而是为了给我们这些小渔民一点儿颜色看看。
让我们的日子更加难过。
我们放网下来，你们把鱼放进去。
给你们的渔船减轻负担，让你们趁早回家。
也许我们能给你一些别的东西？
你的脸庞让人印象深刻，
非常值得画一幅画像。送你一张素描怎么样？
素描？你是说我吗？我妻子过去常说……
赶紧拿到他们的鱼！

他们抢走了我们的鲨鱼。
我们的鲨鱼，
没了。
咱们根本没有转运，要不就是之前转过一点点，但是现在又回去了。
咱们的运气可能永远都好不了了。
回家之后抓紧睡觉吧。等明天起来，咱们的运气会变好的。
以后永远都会有好运气，走着瞧吧。
划船、捕鱼、睡觉，
明天从头再来。
我想起我们原来的家。也许有办法彻底改变我们的运气。

另一边
加拿大北部，北极圈内
我们继续前进,
像之前一样,只有我们两个。
小风找到一些踪迹，但半路跟丢了,
接着又找了回来。我们走得越来越快。
阳光炽热，我走得浑身冒汗。
这回小风真找对了。
第4章
原来是巧克力的包装袋。
垃圾。
连这里都有垃圾了。
别担心，宝贝，我们认识路。
对于一头饥肠辘辘的熊来说，这条河一定很有吸引力。
花了半个小时只追踪到一个巧克力包装袋，我多少有点儿失望。
但是我没跟小风说。

不管追踪到的是什么，小风都是世界上最好的狗狗。
两年前
谁饿了？我想咱们离你姐姐推荐的那个地方很近了。
EDMONTON CITY MAP
过了桥向左转就到了。
爸爸？
“盒子里有活的东西。”
不关咱们的事，由纪。
等你跑下去，它早就漂走了。
“你什么都做不了……”
由纪!!

噢……
你差点儿弄丢了小命，永远不要再那样做了。
永远——
哇——它在舔我的手。
咱们到了，
准备吧。

完美。
在山脊上可以清楚地看到河流，这里还有岩石供我们藏身。
我们悄悄地藏了起来。
我只需要拍到一张清晰的照片，就能向保护中心证明这些熊是灰北极熊，也许，我希望，可以拯救它们。
这条河流蜿蜒曲折，流向海湾，最后流入海洋。
河面的冰化了。
河水里有鱼。
我满怀希望。
现在就静静地等待。
整整两个小时过去了，什么动静都没有，只有一些冰块从河岸上掉下去。
小风忙碌了一个早晨。
宝贝，你累了吗？
如果许个心愿就能引来熊，这里恐怕早就有几百只了。
我必须拍到一张照片。

利用雨伞遮挡身影的主意是我从一部野生动物纪录片中学来的。有人用这个办法等了好几个月，收获了一只阿富汗老虎三秒钟的镜头。
伞柄是用一根老旧的海豹猎叉做成的。
两个月前
我猜你很难相信，但这的确是我爸爸的、也就是你爷爷的东西。
这是什么？
冬天，他有一些海豹捕杀配额，靠着猎捕海豹勉强维持生计。我还记得他雕刻猎叉柄时的样子。
可以送给我吗？
你想去打猎？
不！但是我可以让它派上新用场。
“派上新用场？”由纪，有时候你说话真……
我在上面刻下了我的Instagram*用户名，好好利用起来。
这时
嗷呜——
“天哪……”

* 一个社交软件。

“……完了。”
哎哟……
小风！

嗷呜呜呜呜呜——

这一边
印度洋，孟加拉湾
“醒一醒。”
我又做了那场梦。
“萨米，醒一醒。”
相同的梦。
“萨米？”
和风暴袭来的那晚一样。
第5章
我们原本在划着船，我不小心睡着了。
鱼群，
它们比平时更加靠近海岸。
爷爷盯着地平线处的云。
也许鱼群预感到了什么？
不管怎么样，对我们来说是好事。
瞧，萨米，咱们的好运气这不就来了。
终于来了。
把网撒到渔船的影子里去。
我得慢慢地划。
爷爷观察到天空中的云变得越来越灰暗了。
“醒一醒。”

风力渐强，把我们推回了岸上。
我们带回了满满一网鱼。
如果把所有的鱼都卖掉，赚到的钱可以买新渔网、修船，还能买上足足一星期的食物。
也许更多。
村子里来了新的人。
人们吵吵嚷嚷。
感觉风暴就要来了。
这里是我们的地盘。你们不能进来。
我们拖着渔网，小心翼翼地走上前去。
他们来自缅甸。
是一群因为冲突和杀戮被迫离开自家土地的农民。
请问可以给我们一些鱼吗？我们走了很远的路，孩子们都饿了。
我看见爷爷望着我们捕到的鱼。
我们不得不抛下一切。
但是我们有一些种子，可以跟你交换。
爷爷给了他们一些鱼。
爷爷什么也没要。
毕竟他们的种子在这里也无法成活，因为土壤里面的盐分太多了。

“走吧，爷爷。咱们回家吧。”
我们的屋子里面有人。
这是我们的家，你们不能住在这里。
我们发现这间屋子没人住，所以现在它是我们的了。
我们刚从海上来，一无所有。
如果你愿意，可以回到海上去，但是你们不能抢占我的家。
我听起来真像之前偷我们墙板的那个人。
很抱歉，但是我们只有这间屋子了。
我只是想让孩子们今晚有个睡觉的地方。
我可以给你们水稻种子。
更多毫无用处的种子而已。
抱歉，这里的土地种不了什么庄稼，因为土壤里有很多海水带来的盐。
我只是想找个地方安顿我的家人。
风暴马上就要来了，那个男人的孩子们看起来吓坏了。爷爷点了点头。我们得找一个地方躲一躲。
“海水淹没的地方一天比一天多，这里也不安全。跟我们来。”

风暴来了。
警报响得太晚了。
狂风大作。
孩子们吓得哇哇大哭。
想抢占我们屋子的那家人吓坏了。
也许，他们从未见过这般景象。
也许，他们之前见得太多了。
我们像蚂蚁一样渺小，被风吹来吹去。
暴雨砸在身上很痛。

现在，我们只能等待风暴结束。
风暴总是能轻易地席卷一切。
猛烈的风暴一再让我想起最后一次见到爸爸时的场景……
爸爸？
你跟爷爷一起留在这里。情况越来越糟，我得赶紧找到你妈妈。
爸爸！
大树被风刮歪了。
不对，不是风刮的。
是地面在移动。
一瞬间地动山摇。
爷爷！
地面裂开了。

爷爷!
抓住
我的手!
啊……
一阵低沉而痛苦的轰鸣声似乎同时从四面八方传来。
紧接着山坡塌陷了。
哪怕雨声那么响，依然能听到树干断裂的声音。
好了，
萨米。
风暴已经
结束了。
没事了，咱们
可以回家啦。
狂风过去了。
突然，我感到
非常疲倦。
我一下子扑进
爷爷怀里。

为什么会发生山体滑坡?
他们一直在砍伐红树林，腾地方盖房子。红树林的根系可以固定土壤。
他们砍得越多，土地就越……
天哪!
泥石流淹没了我们的房子。
全都变得一团糟。
唉，爷爷。
咱们……咱们可以……
我们可以帮忙，帮你们挖，我们有工具。
收拾好之后，只要留给我们一点儿空地就行。
随便哪里都行。

每个人都卖力地干活儿。
我们清理完淤泥，重新搭建好房屋。
新来的那些人在村子边上找到了住处。
大家一起分享食物，包括我们所有的鱼。
风暴过后，海湾看起来不一样了。
很正常。大风暴会把一切翻搅起来，一些东西的位置发生了改变。
咱们花了一天时间重建棚屋，刚捕的鱼也都吃光了。
生活一点儿起色都没有。
咱们又活过了一天，还交到了新朋友，所以生活还是向前进步的。
爷爷起身回去了。
这件T恤像爸爸的。
破旧不堪。
风暴把沉在海底的东西全都搅上来了。
MANCHESTER CITY 1894
我很好奇，我们原来的家是不是也在某个地方？

第6章
另一边
加拿大北部，北极圈内
呃……
小风舔着我的脸颊。
我们躺在一块浮冰上，正沿着河道顺流而下。
噢，不！我们漂了多远了？
不知道我们身在何处。
糟糕。
真是糟糕透顶！

好在我们已经摆脱了那头熊。
暂时是。
天太冷了。
小风在呜咽，它很不安。
随着我们的移动，浮冰正在融化。
在这么冷的天气里，我和你不管哪个掉进水里，都活不了多久。
咱们得离开这块要融化的浮冰，小风。
赶快。
你得跟着我一起跳，宝贝。
准备好了吗？
跳！

我们重重地跌倒在地，但至少我们落在了坚实的地面上。
干得好，宝贝！
咱们得找到回家的路。
六年前
爸爸？
怎么了，由纪？
周围白茫茫的一片，你是怎么认路的？
由纪，咱们这个地方的人，一直在这片土地上行走，所以经验丰富。
你看到那堆积雪了吗？
我可以通过观察积雪的顶部，看出雪是怎样堆积起来的。当雪花在东风里飘落时，它们会顺着风向落地，所以我知道咱们正在向东走。
哇哦，爸爸！这是真的吗？
不，不完全是真的，由纪。你爷爷可以在野外认路，但我是一个在镇议会办公室的电脑后面工作的文员。
我只是一直跟着这些扫雪车的轨迹而已。
爸爸！

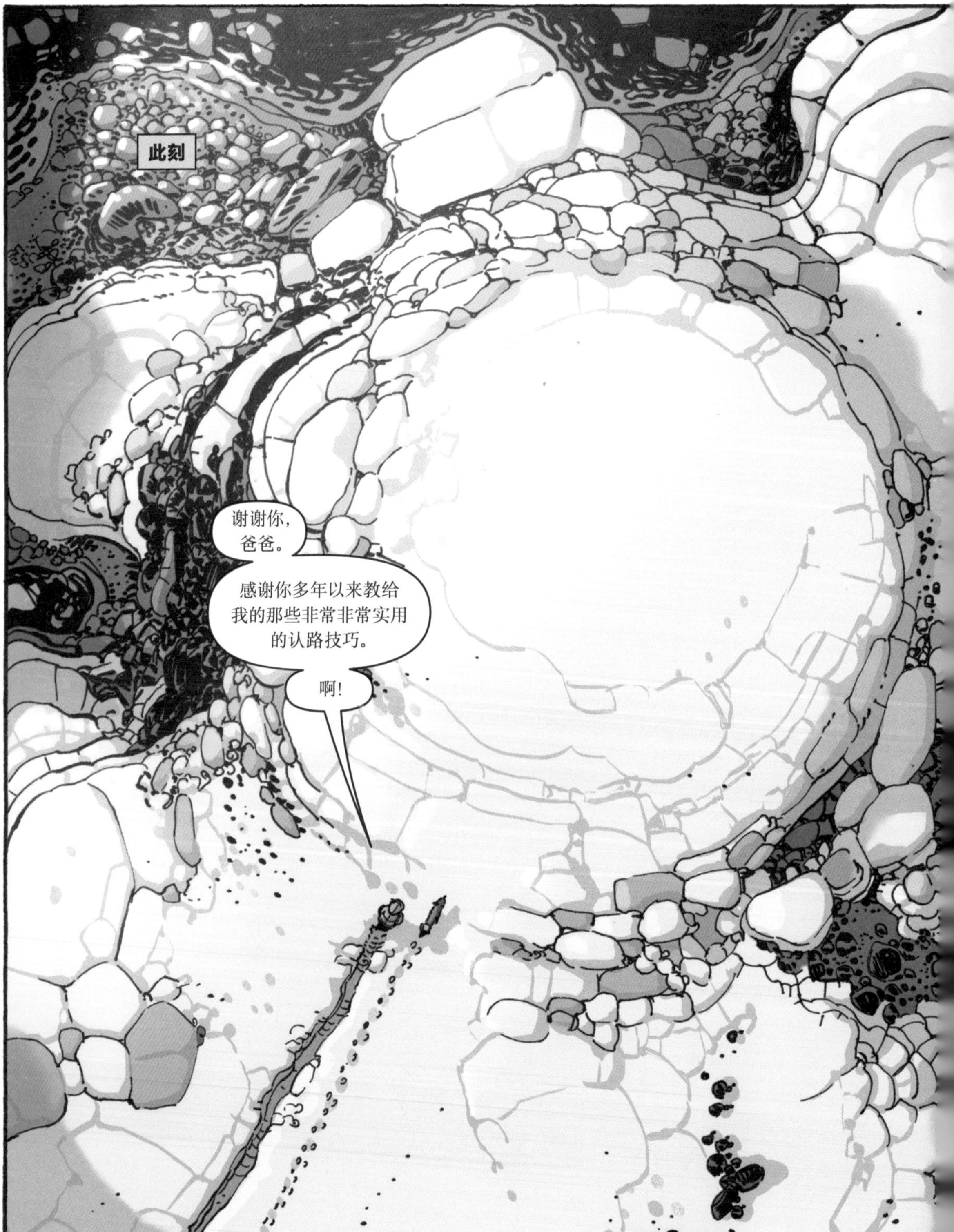
此刻
谢谢你，爸爸。
感谢你多年以来教给我的那些非常非常实用的认路技巧。
啊！

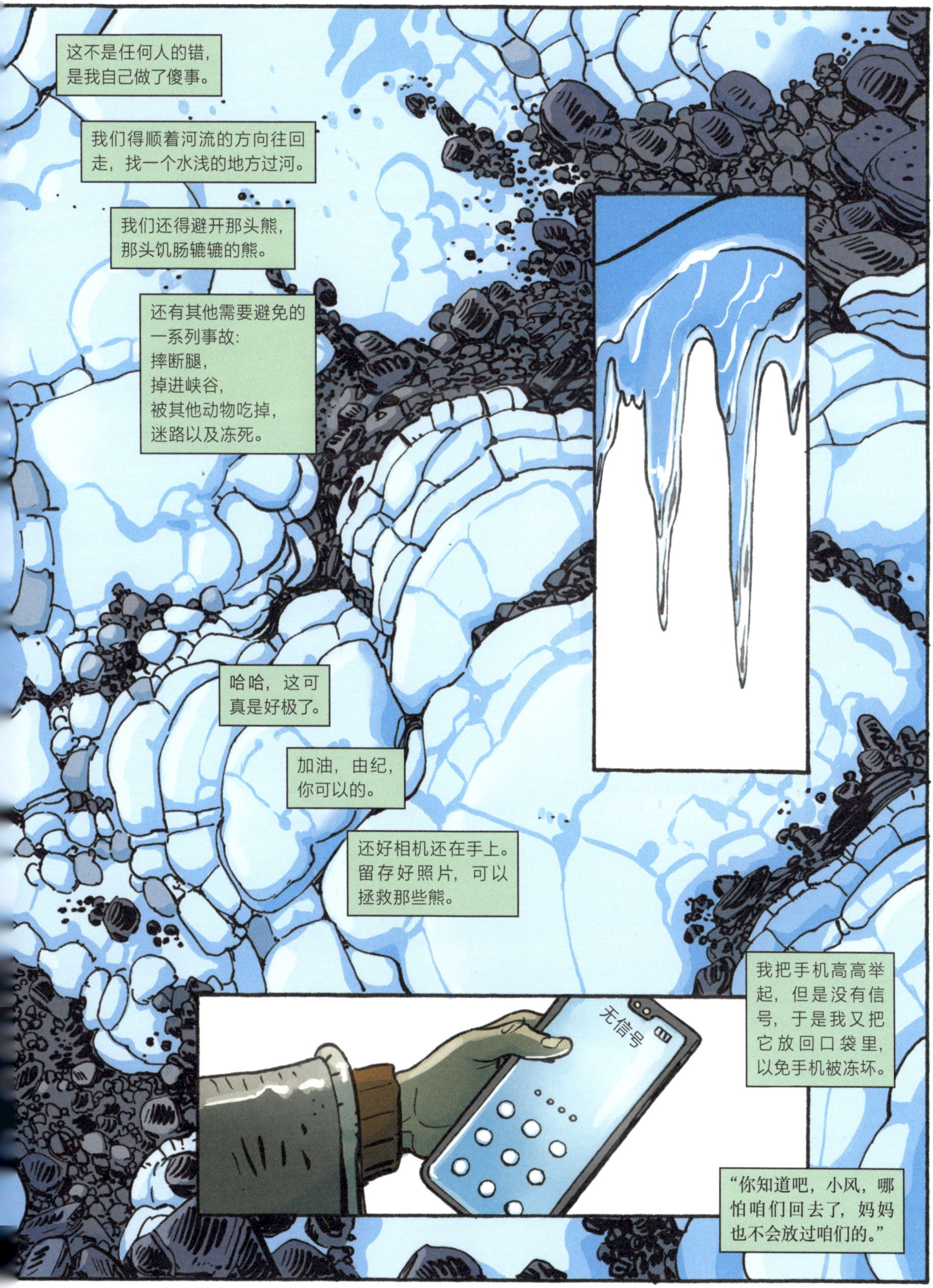
这不是任何人的错，
是我自己做了傻事。
我们得顺着河流的方向往回走，找一个水浅的地方过河。
我们还得避开那头熊，
那头饥肠辘辘的熊。
还有其他需要避免的一系列事故：
摔断腿，
掉进峡谷，
被其他动物吃掉，
迷路以及冻死。
哈哈，这可真是好极了。
加油，由纪，
你可以的。
还好相机还在手上。留存好照片，可以拯救那些熊。
无信号
我把手机高高举起，但是没有信号，于是我又把它放回口袋里，以免手机被冻坏。
“你知道吧，小风，哪怕咱们回去了，妈妈也不会放过咱们的。”

继续前进。
吃点儿这个，宝贝。
为了不让食物冻住，我把食物捧在手上给小风吃。
因为不想中途被抓回去，我甚至没有给妈妈留张便条什么的。
我真是个傻瓜。
我再次检查手机信号。
无信号
还是没有。
加油，宝贝！
“继续前进。”

虽然没有听到任何声音，但是我发现了一条尾迹。
那是一架飞机。
只有黑点那么小。
我朝它挥手。
我傻傻地、兴奋地疯狂挥手。
但是没有人看见我们。我们的身影太渺小了，根本不会被注意到。
加油，小风。
我能听见水声。
小风，你听到了吗？水流冲击的声音。
前面肯定有一处小河汇入干流的地方。
希望这条小河别太宽，这样我们就能跨过去。
走啊，宝贝。
咱们继续前进吧。
咱们得看看是不是……
噢……

我低头一看，才意识到水流的冲击声是从哪里传来的。
水流正从距我们脚下冰面大概 10 米处的陡峭岩石上奔腾而过。
温暖的早春天气和奔流的河水使得填满峡谷的冰雪被掏空了。
而我们正从上面穿过。
小风呜咽着。
我听到什么东西裂开的声音。我突然意识到，此刻我正站在薄薄的一层冰上，更别提安全到家了。

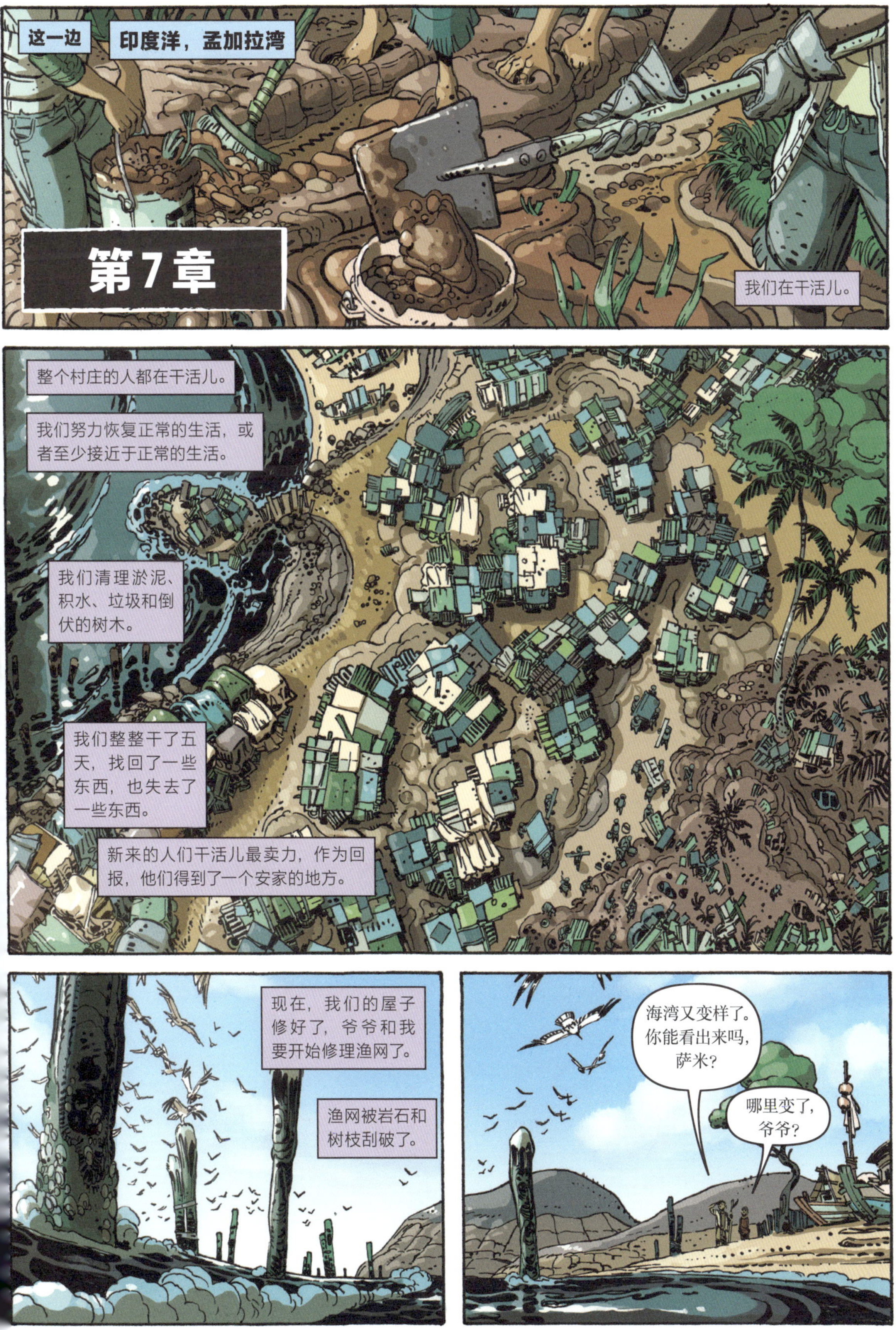
这一边
印度洋，孟加拉湾
第7章
我们在干活儿。
整个村庄的人都在干活儿。
我们努力恢复正常的生活，或者至少接近于正常的生活。
我们清理淤泥、积水、垃圾和倒伏的树木。
我们整整干了五天，找回了一些东西，也失去了一些东西。
新来的人们干活儿最卖力，作为回报，他们得到了一个安家的地方。
现在，我们的屋子修好了，爷爷和我要开始修理渔网了。
渔网被岩石和树枝刮破了。
海湾又变样了。你能看出来吗，萨米？
哪里变了，爷爷？

那里。
看到那些鸟儿了吗？在它们的正下方，原来有一块礁石。它们正在找呢。
“那是它们原来休息的地方，萨米。现在那块礁石不见了。”
爷爷，咱们继续修理渔网吧。
不修好这张网，咱们就没办法捕鱼。
如果不能捕鱼，就没饭吃。
我的肚子在嚷嚷：赶紧修网。
生活就是这么现实。

怎么了？
没事，爷爷。
不是我的眼神变差了，萨米。
而是这张网上的线变细了！
哈！
“就快修好了，萨米。等修完，咱们就又可以捕鱼了。”
“咱们需要的，不仅仅是渔网，还需要好运气。”
“咱们总会找到好运气的，萨米。”
“爷爷，要是咱们有妈妈的幸运刀就好了。”
“我也是这么想的。”
“那把刀原来是你妈妈的父亲的，她总说刀刃里面藏着好运气。”
“我知道。”
“我记得你和爸爸用那把刀干活儿，在……在他们离开之前。”
“忘了那把刀吧，萨米。”
“但是，爷爷……”
“那把刀已经丢了。”

我失去了太多。
妈妈走了。
你爸爸说你今天捕鱼很厉害哟。我真为你感到骄傲。
爸爸也走了。
等咱们做好，有了大渔船，就可以捕到更多鱼了。
再买些更好的渔网，尽快再造一条船。
连那把刀也没了……
这把刀是我父亲传给我的，以后我也会传给你，能给你自己的小家带来好运。
“当然，得等你长大了以后。现在我还没准备把它传下去呢。”
爸爸？
你跟爷爷一起留在这里。情况越来越糟，我得赶紧找到你妈妈。
爸爸！

但是我忘不了那把刀。
它可能就落在海底了，爷爷。
在咱们原来的家附近。
我不准你去那儿，萨米，那里太危险了。
你想念爸爸妈妈是正常的，但是咱们不能一味地陷在过去。对咱们来说，向前看才是更好的。
但是咱们的生活一点儿起色都没有，爷爷。
以前，捕鱼比现在容易，卖鱼也比现在容易。
明天会更好的，我有预感。
明天咱们就能找到自己的好运气，你必须有信心，萨米。
我从来没有不听爷爷的话。但是，我一直在想，妈妈的刀就躺在海底，刀刃上凝聚着几代人的好运气。

我们需要那些好运气。
对不起，爷爷。我必须找回那把刀。

另一边
加拿大北部，北极圈内
我脚下压实的冰雪有 30 厘米厚，再往下 10 米便是锋利的岩石。
要是冰裂了，我们掉下去，今天就再也出不去了。
或者永远都出不去了。
我能听到脚下冰面滴水的声音。
小风继续慢慢地往前走，不时嗅一嗅冰面，偶尔跨过一些地方，始终踩在深蓝色的冰面上。
我突然想起爸爸教过的一些技巧。
“看好脚底下的冰，由纪！”
当然，他原话不是这么说的。
蓝色的冰面之所以是蓝色的，是因为它被压实的程度更高，因此也更加结实，走在上面也就更加安全。

我们穿过冰面，又回到了坚实的地面。
第8章
虽然想象起来很酷，但是冰面并没有在我们脚底离开的一刹那戏剧性地裂开。
噗！
噗！
噗！
什么事也没有，连个裂缝也没有出现。
我掸了掸手套上的雪。这时，我突然想到了小风。
过来，宝贝。
小风已经光着脚在冰天雪地里走了几个小时了。
这些镜头套曾经花光了我所有的钱。
“咱们加油赶路吧。”
这时，我听到冰面碎裂的声音了。
这根本没有我想象得那么酷。
毕竟我们刚刚就站在那上面。

咱们还是在河的这边。
咱们必须沿着河流继续走，找到一个狭窄的地方过河，才能……
一间小屋。
没错，人造建筑。
人造建筑！
你好？
你好！
拜托拜托拜托拜托，拜托一定要有人。
有人吗？你好！拜托，我们需要帮助。
从门口的积雪来看，这扇门很久没人打开过了。
但是里面可能有食物，甚至还有无线电通信设备。
有人吗？我这就进来了……

唉……

不!

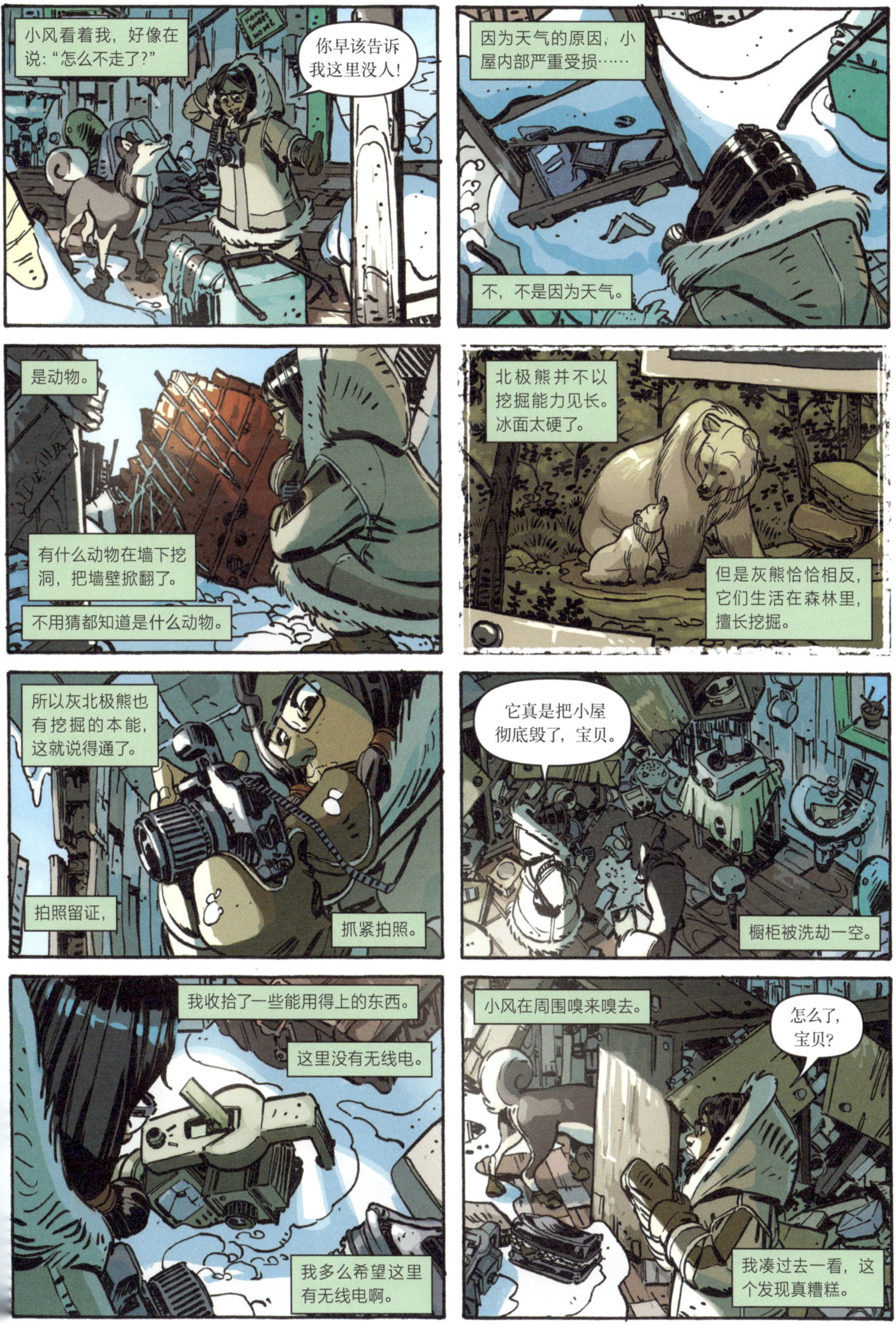

小风看着我，好像在说："怎么不走了？"
你早该告诉我这里没人！
因为天气的原因，小屋内部严重受损……
不，不是因为天气。
是动物。
有什么动物在墙下挖洞，把墙壁掀翻了。
不用猜都知道是什么动物。
北极熊并不以挖掘能力见长。冰面太硬了。
但是灰熊恰恰相反，它们生活在森林里，擅长挖掘。
所以灰北极熊也有挖掘的本能，这就说得通了。
拍照留证，
抓紧拍照。
它真是把小屋彻底毁了，宝贝。
橱柜被洗劫一空。
我收拾了一些能用得上的东西。
这里没有无线电。
我多么希望这里有无线电啊。
小风在周围嗅来嗅去。
怎么了，宝贝？
我凑过去一看，这个发现真糟糕。

你发现了什么，宝贝？
地板被撕开，还被掏了一个洞。
这时，我恍然大悟。
原来如此。
如果有人在雪地里搭了一间漂亮的小屋，而你是一只挨冻的动物，你就会过去“借住”，对吧？
你也会把这儿当成你的窝。
而且，你会一次又一次地回到窝里。
我的心脏跳得像坐过山车时一样快。
小风，你知道吗？咱们最好赶紧走。
我们现在正站在熊的窝里。

这一边
印度洋，孟加拉湾
第9章
我可以从船边跳下去，潜入海底。
这就是我要做的一切。
往外迈一步，
然后沉潜下去，
找到那把刀。
就这么简单。
海面波澜不惊。
风平浪静。
但是空气并不安分。马上就要变天了。
我也期待着生活变一变。
我希望一切都变好。
不再每天为了生存拼命挣扎。

我看着小船的尾部，爷爷平时习惯坐在那里。
他这会儿正在村子里睡觉。
一艘大船经过，它把货物运往远方。
我一个人在海上，孤孤单单。
我很内疚，
没有听爷爷的话，
没有尊重他的意见。
他是我仅有的亲人了。
爷爷。
记得我很小的时候还有两个叔叔。
但是他们几年前出去找工作了，后来我们再也没有听到过关于他们的任何消息。

我记得过去大家一起干活儿。
那时候，大家对未来充满了希望。
总有一天，咱们会拥有一支船队。
全都用来给你捕鱼，萨米。
现在，我甚至连爸爸妈妈都没有了。
深夜，我漂在茫茫大海上。
一个人，
计划着跳进海里，
只为寻找一把幸运刀。
大海漆黑一片，风雨欲来。
我需要我那盏小小的求救灯来给我照亮。
月光只能照入海底一小段距离。
我想，直接跳下去恐怕不太明智。

海水黑暗
而平静。
还有……
鲨鱼?
不是。
不是鲨鱼,
它被什么东西缠住了。
而是一只
海龟。

我不想伤害它。
嘿!
这时候爷爷可能会说……
“成功解救!”
大海如此辽阔，海龟
却偏偏找到了我。
我给海龟带
来了好运。
它也会给我带来好运。

它就好像是一个征兆。
因为我帮助了它，所以现在大海欠我一些好运气。
我手里拿着夜间求救灯。
真是太巧了，最近一年半，我和爷爷从未使用过它。
如果这次去海里寻找好运气，我不带上它，那么还有什么机会可以用到它呢?
我用从海龟身上解下来的绳子把灯系在了我的手腕上。
我的下方，正是我们原来的房子所在的沙洲。
我非常肯定。

我跨过船帮，潜入水中。

这一边
加拿大北部，北极圈内
咱们得走了，
小风。
第10章
我们这会儿正待在熊的窝里，赶快出去，马上！

几张地图上标注着杂交动物的出没位置。
看起来有人也在追踪它们。
也许是想了解它们的生活习性。
它们更像北极熊还是灰熊？

我们没空在这儿翻找他们的结论了。
天哪……

它学会了新技能。
那就是埋伏在雪地里。
北极熊可不会。

那头熊冲了过来。
它正对着我们。
我吓傻了，
完全动弹不得。
只能……干瞪着眼。
它很迅速，
也很笨拙。
它集迅速和笨拙于一身。
在我最应该采取行动的时候，我的脑子里却满是这些愚蠢的念头。
但是做什么都无济于事。
除非，
我可以……
把屋顶掀下来。

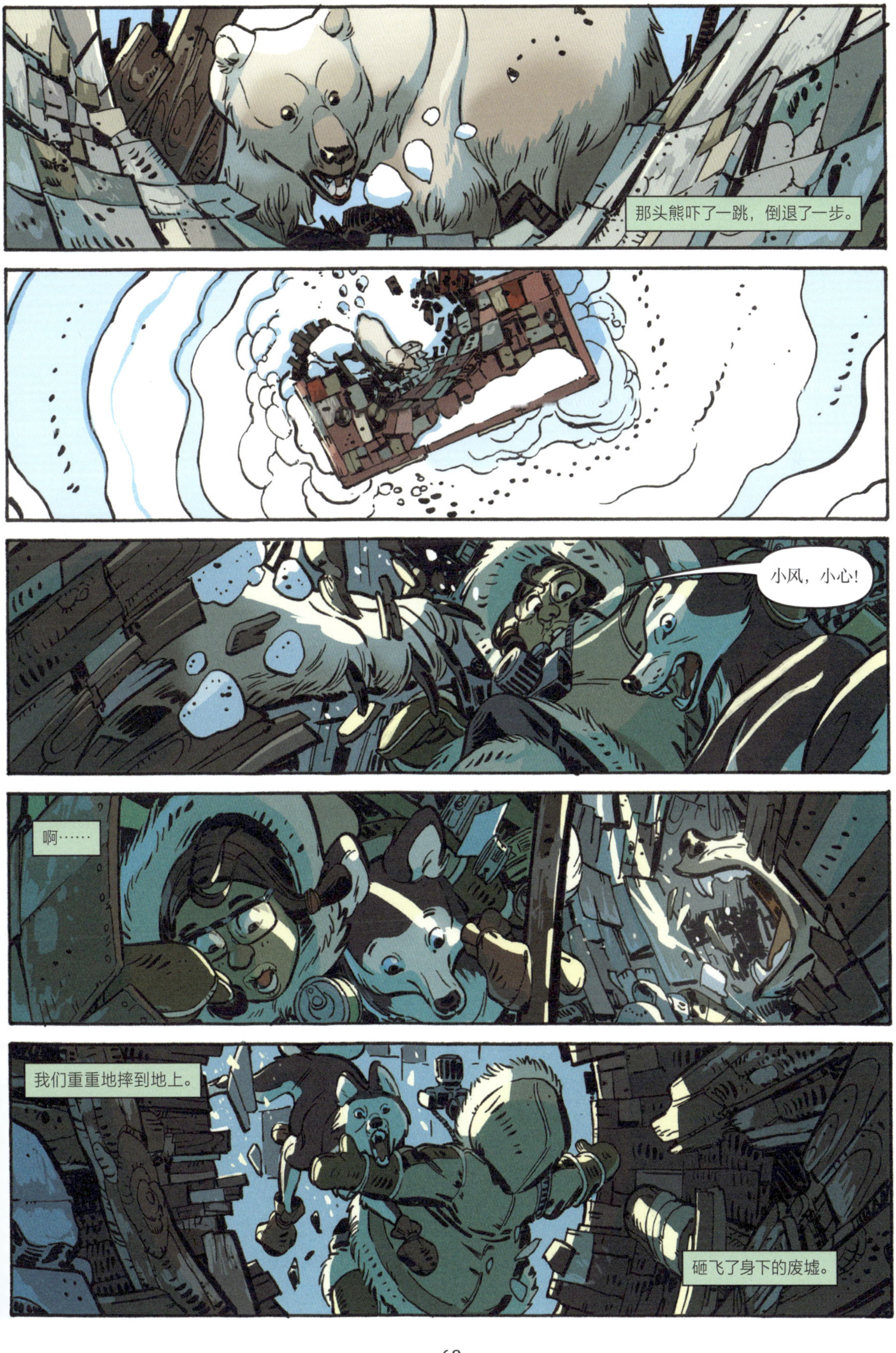
那头熊吓了一跳，倒退了一步。
小风，小心！
啊……
我们重重地摔到地上。
砸飞了身下的废墟。

哎哟!
我们掉到了熊进食的地方，奇臭无比。
别动!安静!
也许正因为这里臭气熏天，它闻不到我们的气味。
嘘，拜托，嘘——
不好!
呃!

小风在地板下找到了一个洞，不知道是什么挖出来的。
能出去吗，宝贝？
啊！
那头熊野性大发。
噢，不！

第11章
这一边
印度洋，孟加拉湾
萨米？

“萨米。”

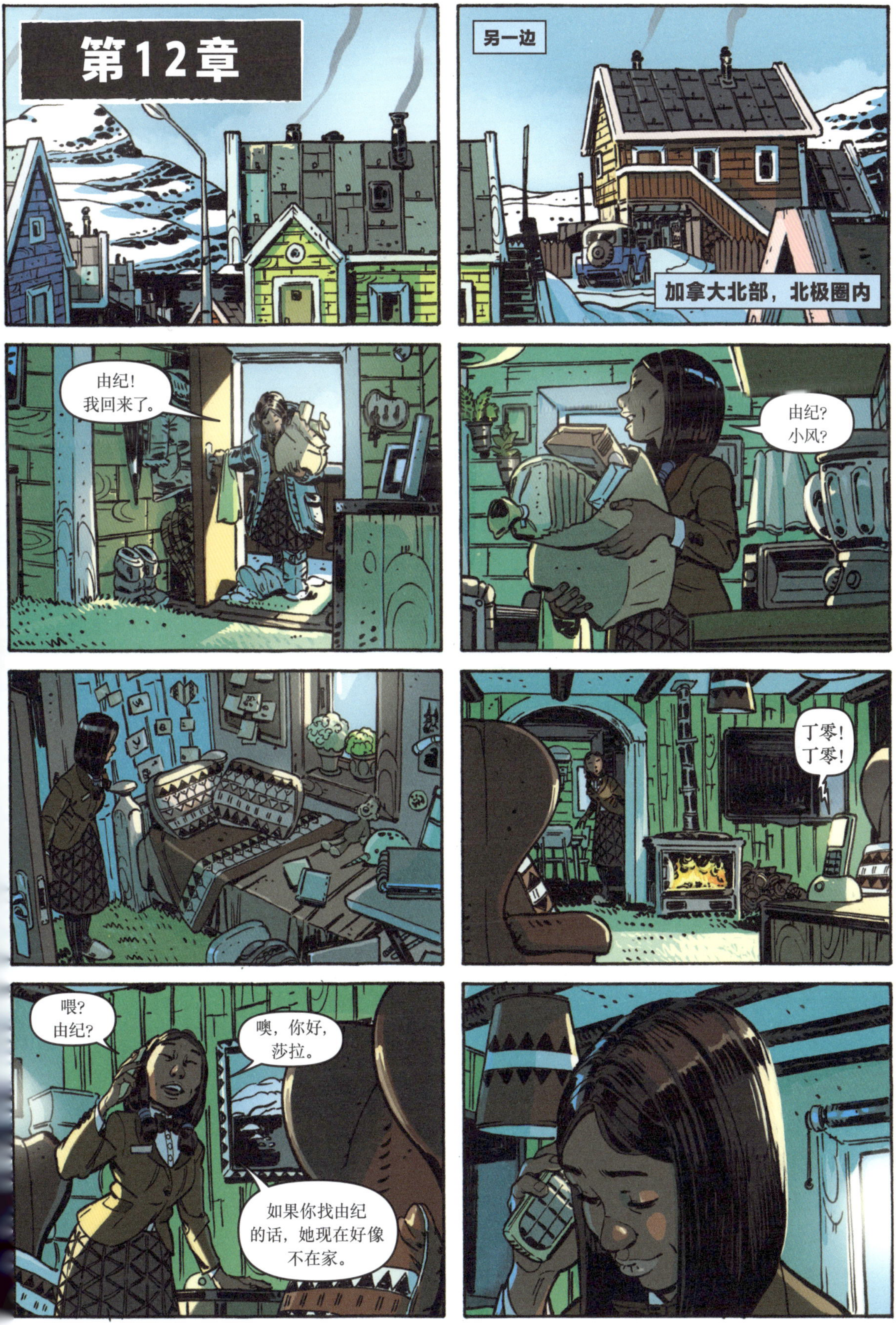
第12章
另一边
加拿大北部，北极圈内
由纪！
我回来了。
由纪？
小风？
丁零！
丁零！
喂？
由纪？
噢，你好，
莎拉。
如果你找由纪
的话，她现在好像
不在家。

我觉得她……

这一边
印度洋，孟加拉湾
第13章
我的肺部像是着了火一样。
深吸一口气!
我一次又一次下潜，每次在水下待的时间越来越长。
身体也越来越难受。
不过不找到那把刀，我绝不回家。

我穿过涡流，继续向下。
海水越来越冷，也可能是我自己的身体越来越冷。
求救灯忽明忽暗。
我的眼睛没办法及时适应明暗变化。
所以，前一刻还有一条明亮的光路直指海底，
而下一秒，我却陷入了无尽的黑暗。
但是我已经找到了，
我们原来的房子。
没错！

根据爷爷的说法，
就是这里了。
这儿有一片沙洲。
沙洲的一侧被海水冲走了，
而另一侧坍塌下去，沉入了海底。
灯闪烁了一下。
哇哦……
一群海鱼。
啊！
我朝着沙洲游去。
虽然它离我并不远，但是我仿佛来到了另一个世界。

这里看起来像是风暴中塌陷到海里的那一侧沙洲。
我们的房子也沉入了海底。
我突然很好奇到底能找到什么。
我会找到什么呢?
我继续向前游。
我以为，我能认得这个地方。
然而并没有。
原来的样子已经不复存在。
一切都变得不一样了。
这是……
噢……

我浮到海面换气。
再次下潜。
在这里。
这是我们的刀。
真的是我们的刀。
就是我们的刀。
木制桌子被海
水泡胀了。
刀被卡住了。
卡得紧紧的。
我想要我的刀。
哎哟!
终于……

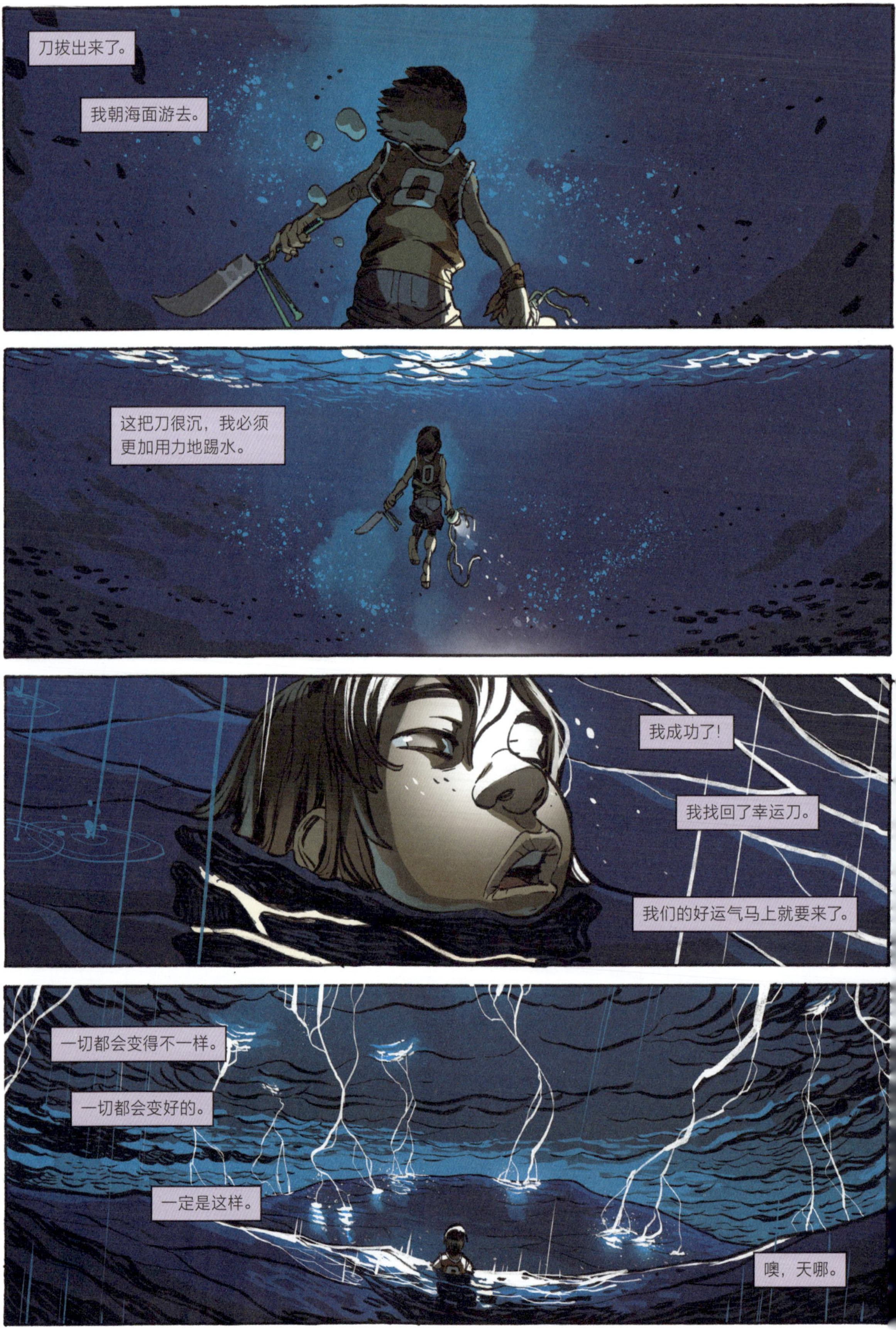
刀拔出来了。
我朝海面游去。
这把刀很沉，我必须更加用力地踢水。
我成功了！
我找回了幸运刀。
我们的好运气马上就要来了。
一切都会变得不一样。
一切都会变好的。
一定是这样。
噢，天哪。

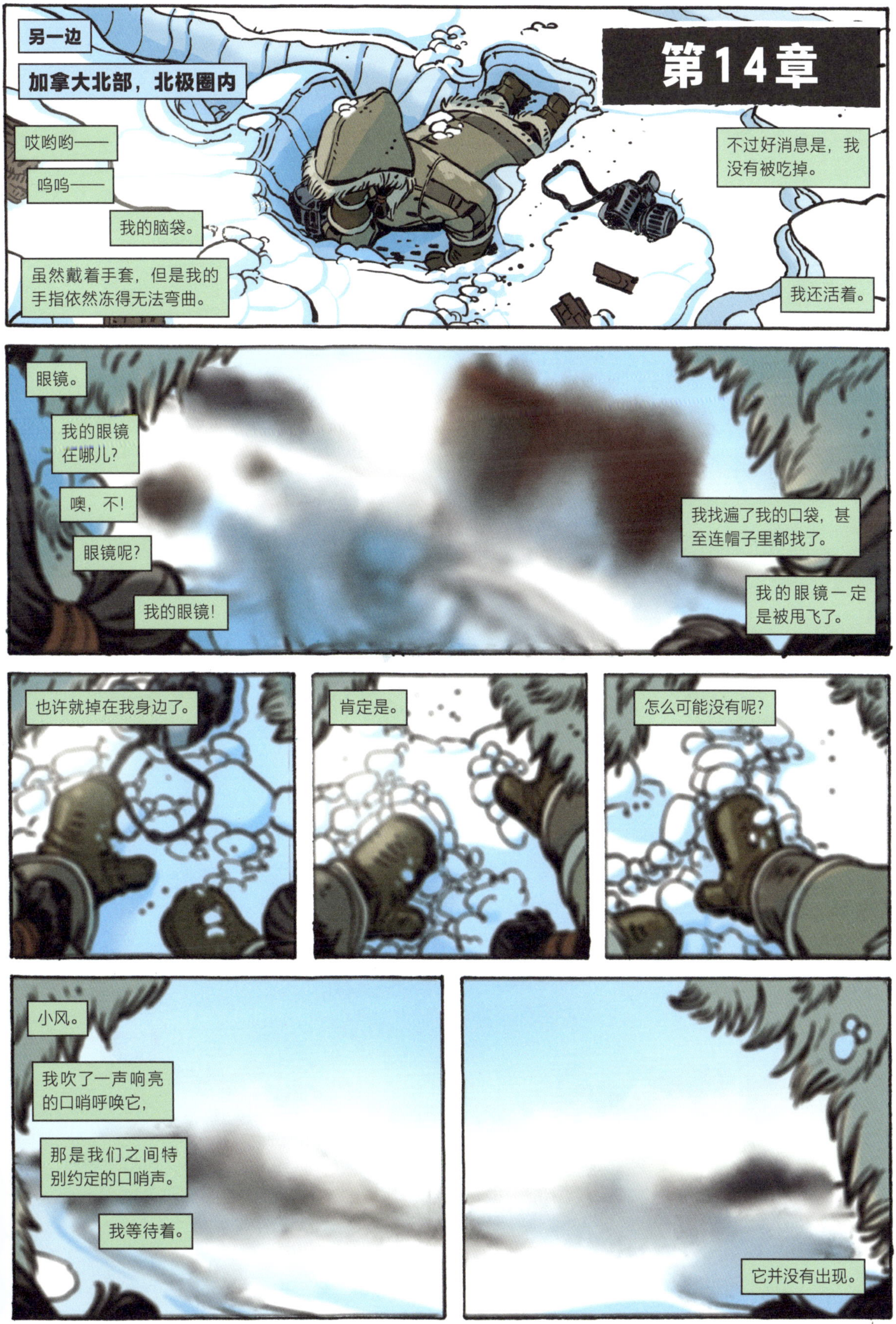
另一边
加拿大北部，北极圈内
第14章
哎哟哟——
呜呜——
我的脑袋。
虽然戴着手套，但是我的手指依然冻得无法弯曲。
不过好消息是，我没有被吃掉。
我还活着。
眼镜。
我的眼镜在哪儿？
噢，不！
眼镜呢？
我的眼镜！
我找遍了我的口袋，甚至连帽子里都找了。
我的眼镜一定是被甩飞了。
也许就掉在我身边了。
肯定是。
怎么可能没有呢？
小风。
我吹了一声响亮的口哨呼唤它，
那是我们之间特别约定的口哨声。
我等待着。
它并没有出现。

要是我能戴着眼镜找眼镜，那就容易多了。
我能看清大概的形状。
那一堆可能是积雪，也可能是受伤的小风，
或是那头熊。
我找不到眼镜了。如果再接着找下去，我恐怕会被活活冻死在这里。
小风？你在哪儿，宝贝？
我低下身子，四处摸索。
我……
哎哟！
摔倒了，
哎哟哟！
就像个学步的婴儿一样。

我径直跌入松软的雪里。
没有眼镜，我该怎么回家呢？
突然，我好像瞄到了什么。我想我恐怕回不了家了。
我看见了那头熊。
它蹲在那里，
就在我正前方。
噢，不！
那头熊肯定是睡着了。
过不了多久，它就会听到我的声音，闻到我的气味。
噢，不！
别转身。
别转身。
别……
我的包里有一把折叠刀。
也许我应该主动出击，把它吓跑。
用一把折叠刀，对付一头饥肠辘辘的熊？恐怕行不通。
我想它还不知道我在这里。
也许我可以弄出巨大的声响，吓住它。
一个非常突然、非常响亮的声音。
一旦我挪动身体，它马上就能听到。
破釜沉舟的时候到了。
如果我能吓住它，也许就有机会逃生。
我必须行动起来。

啊呀呀呀呀呀呀呀!

扑通!!!!!!
雪!
那头“熊”其实是一堆雪。

只有雪，
没有熊。
我闹出了那么大的动静，只不过是暴露了我的位置而已。
我害怕极了。
怎样才能在看不清路的情况下回到家呢?
我突然感到恐慌。
为了回家，我一直竭尽全力，始终坚信自己能够做到。
但是没有眼镜，我根本毫无胜算。
我被这个想法狠狠打击到了。
我听到了一个声响。
是熊找上来了。一定是！我刚才让它知道了我的确切位置。
现在我没有办法出其不意吓唬它了。
噢……

第15章
重要的是我找回幸运刀了。
我把家传的幸运刀从海里找回来了。现在，我们就要转运啦！
一切都会像从前一样。一切都会好起来的。
这一边
印度洋，孟加拉湾
希望如此。
风暴正从海上袭来。
不过幸好，海风是从我身后向前刮的。
可以推着我前进。
一群水母被卷向海岸。

海上风暴渐起，海水也跟着不停翻腾。
狂风推挤着海浪。
说不定已经有人拉响了警报。爷爷一定发现我不在家了。
稍早……
萨米！萨米？
警报一旦拉响，
爷爷一定会非常担心。
你找不到萨米了吗？
今天早上，他的情绪很低落，看得出他真的很想念爸爸妈妈。

海浪差点儿把船桨从我手里夺走。
最近，风暴一次比一次猛烈，而且发生得越来越频繁。
别担心，我会找到他的。
那是基布里亚家的船。
一定是风暴把它从海滩上刮走了。
他们有很多船，这下少了一艘。
萨米！

萨米？
现在我已经接近岸边，但是来了一股汹涌的逆流。
我没办法靠岸。
“萨米！”
萨米！
萨米！
爷爷！
现在我要做的就是到他身边去。

另一边
加拿大北部，北极圈内
第16章
加油，宝贝。
你真是一条好狗狗。
继续前进。
继续前进。
只管埋头前进就行。
很好，不错，形势……
有好转。我们正在赶路。
我们没有被灰北极熊活活吃掉（到目前为止）。
而且我又能看清路了。这对维持“活下去”的信念很有帮助。
还是没有手机信号。
妈妈大概已经回家了，她肯定在想我去了哪儿。
很好。
等我回到家，她肯定会收拾我一顿。
很好，我就要回到家了。
“噢。”

哇哦!
一个巨大的冰冻湖。
太漂亮了,
但是臭烘烘的。
我知道它闻起来怪怪的。宝贝，那是甲烷。
死去的植物在湖底腐烂，释放出甲烷。甲烷冒着泡泡浮上来，被冻在了冰面下。
瞧，多么不可思议。

不过，有个潜在的危险。
如果冰层遇热融化，那么多年来囤积在其中的甲烷就会一次性释放出来。
甲烷是一种强大的温室气体，它吸收的热量大约是二氧化碳的 25 倍。
整个北极地区有很多这样濒临融化的湖泊。
全球变暖会再次袭来。

小风，咱们给湖泊拍几张照片吧。
估计以后咱们再也不会走这么远了。
妈妈恐怕要把我禁足一辈子。
噢，不!
“不好，小风，咱们走。”

爷爷的脸上充满了恐惧。
看到他那副神情，我很难受。
我找到幸运刀了，爷爷！我找到咱们家传的幸运刀了！
第17章
这一边
印度洋，孟加拉湾
都是我的错，害得他担心极了。
我被困在这场糟糕的风暴中央，只能怪我自己。
怪我一门心思只想找回刀。
我看着爷爷，他正苦苦思索该怎么办才好。
怎么才能帮上我的忙呢？
爷爷就站在岸边，离海浪太近了。
后退！
海浪如此汹涌，
他却毫不在意。

以前……
啊，原来你在这里，萨米。
对不起，爷爷。
我太想念爸爸妈妈了。
后退，爷爷！
爸爸妈妈为什么要离开？
他们也不想离开，是大海强行带走了他们。
海浪把他们掳走的时候，他们正拼尽全力到岸上来找咱们呢。
离海浪远一些，爷爷！往后退！

咱们什么都没有了。爸爸妈妈走了，叔叔们也走了，只剩下咱们俩。如果大海要把你也带走怎么办？
那我就成了孤儿，我该怎么办？
天哪！
我永远不会离开你，萨米。我爱你，我会永远照顾你的。
你保证？
我保证？当然，我说话算话。
“爷爷？”

爷爷!
他还在那儿。
他没出事。
我必须尽快上岸。
海水推着我来回摆荡,
但就是无法靠近爷爷。
我只能顺着海岸漂,
却不能到岸上去。
也许,我可以高高升起船
帆,借助风的力量上岸。
这值得一试。
渔船剧烈摇晃起来。
情况不妙。
糟糕极了。

另一边
加拿大北部，北极圈内
第18章
我们撒腿就跑。
熊在我们身后追赶着。
它跑起来显得既快速又迟缓，既灵活又笨拙。
在地平线处，我看到两座高耸的山峰，还有第三座，稍矮一些，就在两座高的山峰中间。在野外中，把一个物体与其他物体连成一条线，可以帮你辨明方向——就好比获得了一个准星。
我知道我的家就在那条线上。
爸爸会为我感到骄傲的。
我们一路狂奔。
我们得到河对岸去，小风。
如果咱们沿着那条线走，它会把咱们引向一座绳桥。
虽然还没看到，但是我能听见。
有湍急的水流声。
悬崖的一侧已经坍塌。
融化的冰水渗入裂缝中，重新结冰，造成岩石崩塌。
我们可以爬到下面，然后跳过去。
我认为可以。
我希望可以。
情况紧急，
我该不该给小风套上牵绳呢？
如果我掉下去了，我可不想连累它。但是如果不套上牵绳，它有可能跳不过去。
我想，要是我真的掉下去，应该也来得及放开它。

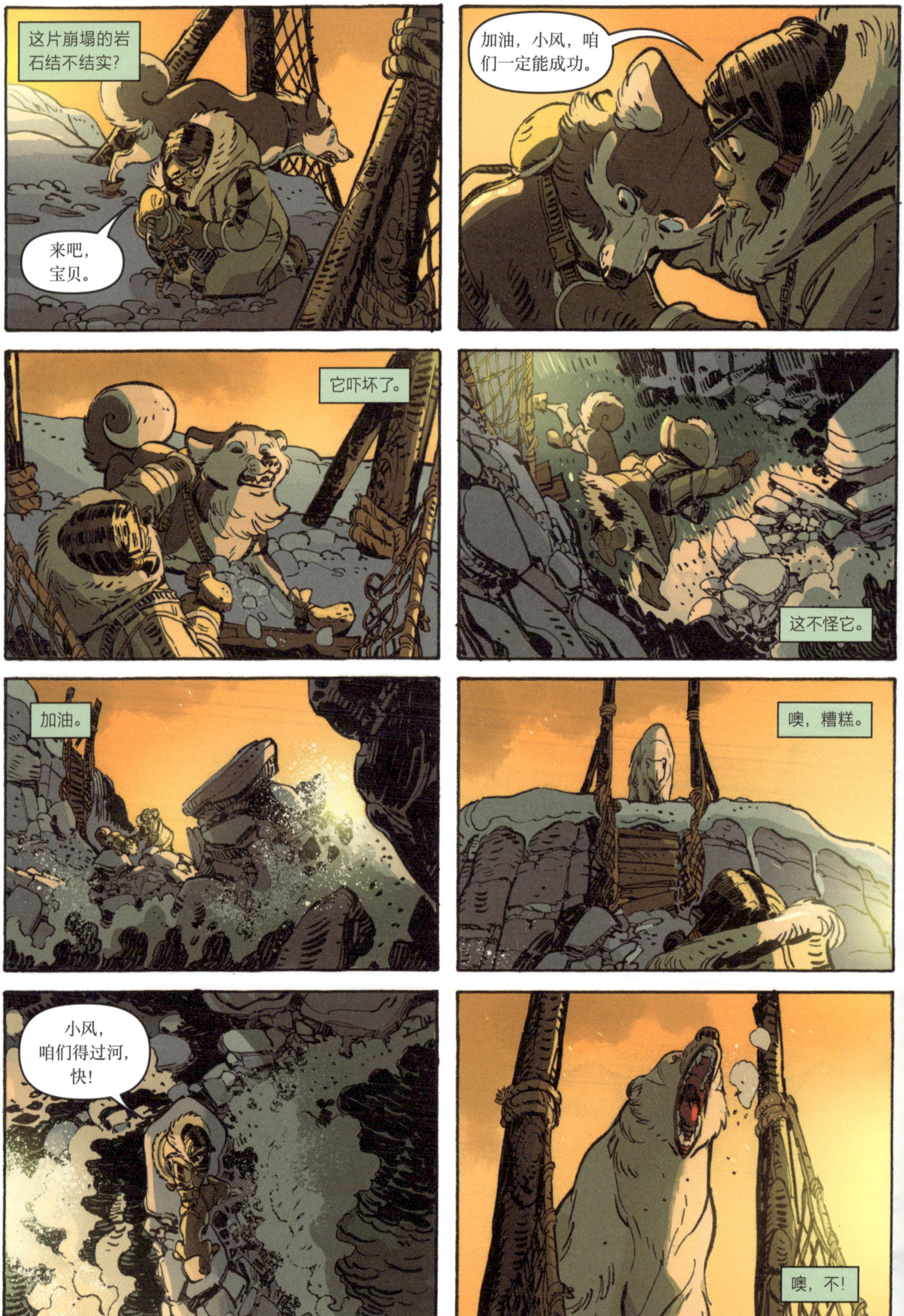
这片崩塌的岩石结不结实?
来吧，宝贝。
加油，小风，咱们一定能成功。
它吓坏了。
这不怪它。
加油。
噢，糟糕。
小风，咱们得过河，快!
噢，不!

“走啊，宝贝。”
那头熊正在逼近。
继续走。
“小风，镇静，千万……”
……别把我拽下去！
它很恐慌。
呃！
“不要！”

我听见那头熊正
迅速接近我们。
跳，
宝贝！
我们成功了。
呜呼！
真疼。
那头熊太重了。
它压得石块
不断掉落，
没地方下脚。
我们可以停下来好好喘口
气了，然后接着前进。

突然……
这一边
印度洋，孟加拉湾
第19章
到处都是海水。
我踩着水浮到海面上。
我得赶在渔船漂远之前回到船上。
海水在我身体四周翻涌。
我抓住一个漂浮物，开始游泳。
一股海浪把我掀起来，又轻飘飘地扔了出去。

我的肩膀撞到了木头，
好在我终于到达了渔船附近。
我用刀固定住。
呃。
风太大了，根本无法升起船帆。
我找到的那个漂浮物看起来像是一把雨伞。
也许我可以用雨伞兜住风。
我低下身来，以免狂风把雨伞从我手里吹走。
我打开雨伞，紧紧握住不放。

雨伞里兜满了海风，差
点儿从我手里挣脱。
我把伞举得不高也不
低，既可以兜住海风，
又不会被风撕裂。
我咬牙坚持。
有效果，
海风推着我穿过逆流。
伞柄上刻着一些符号和图案，
我不知道那是
什么语言。
看起来像是来自
很遥远的地方。
萨米！
我咬紧牙关，盼着
距离海岸越来越近。
不然还能怎
么办呢。
浪花那么高、那么多，很难看
清大海和海岸的交界在哪儿。
那是什么？

一只集装箱，从某一
艘向来不理睬我们的
船上掉下来的。
被海浪裹挟着、抛
掷着、推动着。
风暴把它从船上刮走，
然后把它楔在了岸边。
很近。
能够得着。
我的机会
来了。

我们继续前进。
第20章
继续前进，
朝着家的方向。
小风一直看着我，好像在说“这真是你带我走过的最愚蠢的一段路”。
它说的没错。
另一边
加拿大北部，北极圈内
太阳下山了。
气温很快就会骤然下降。
但是我们……耶!
“小风！看，这是小镇外的那条废弃的北路。再有两三千米，咱们就到家了！”
走了这么久，我第一次对成功回家充满了信心。
另外，我的手机有信号了，我给妈妈发了短信。
她现在可能已经准备好晚餐了，
正眼睁睁看着我的那份饭菜慢慢变凉，
琢磨着我到底去了哪里。

我的手机突然狂响起来，就像被轰炸了一般，收到了无数条短信。
小风开始咆哮。
它察觉到了什么。
快逃！
谁追来了，显而易见。
我的两条腿冻僵了，
手臂也是，
但我们咬牙前进。
嘭 嘭 嘭
嘭 嘭 嘭
有声音，
从天上传来。
哇哦！
嘭 嘭 嘭
嘭 嘭 嘭
我一边挥手一边大叫。
他们看见我了吗？

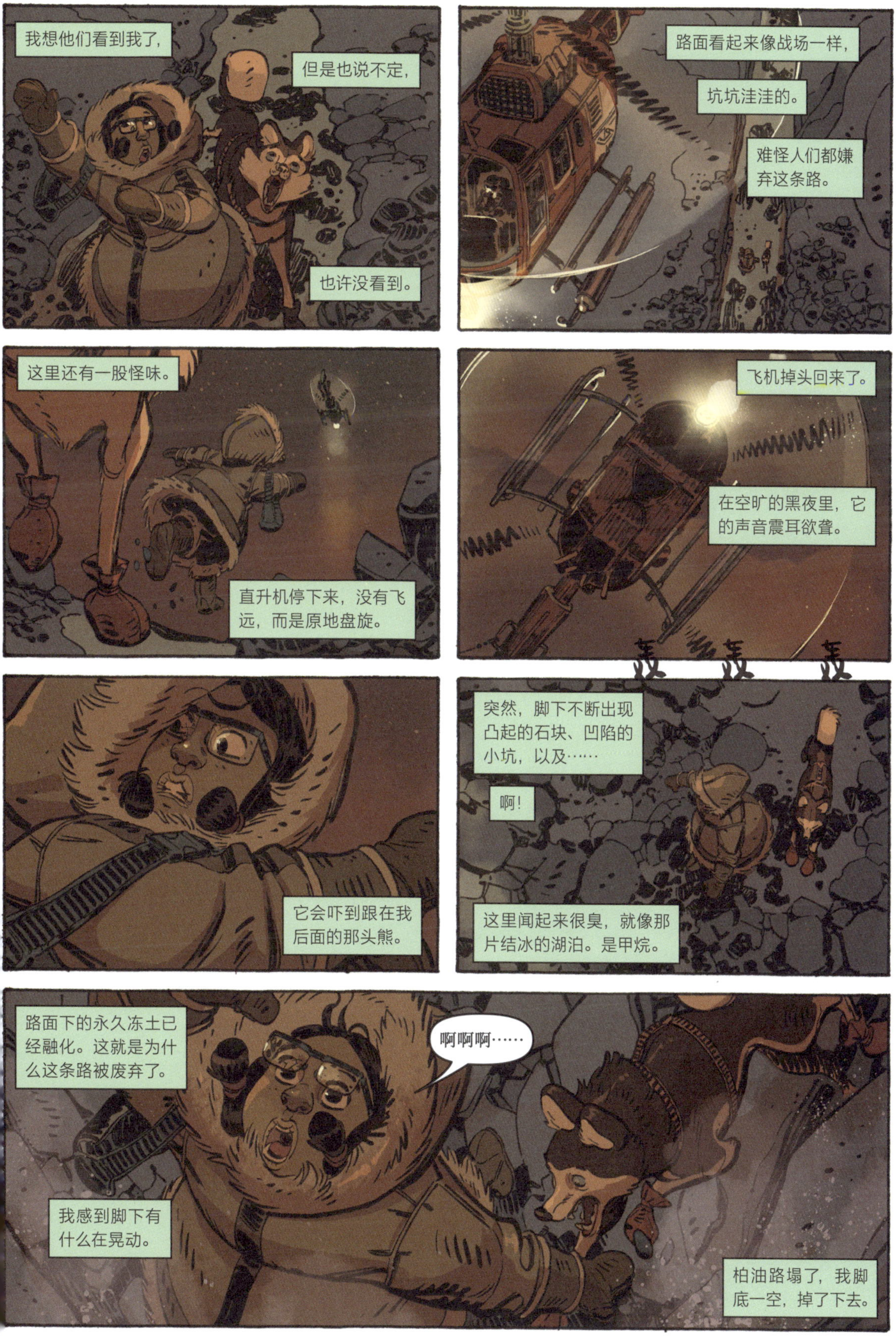
我想他们看到我了，
但是也说不定，
也许没看到。
路面看起来像战场一样，
坑坑洼洼的。
难怪人们都嫌弃这条路。
这里还有一股怪味。
直升机停下来，没有飞远，而是原地盘旋。
飞机掉头回来了。
在空旷的黑夜里，它的声音震耳欲聋。
它会吓到跟在我后面的那头熊。
突然，脚下不断出现凸起的石块、凹陷的小坑，以及……
啊！
这里闻起来很臭，就像那片结冰的湖泊。是甲烷。
路面下的永久冻土已经融化。这就是为什么这条路被废弃了。
啊啊啊……
我感到脚下有什么在晃动。
柏油路塌了，我脚底一空，掉了下去。

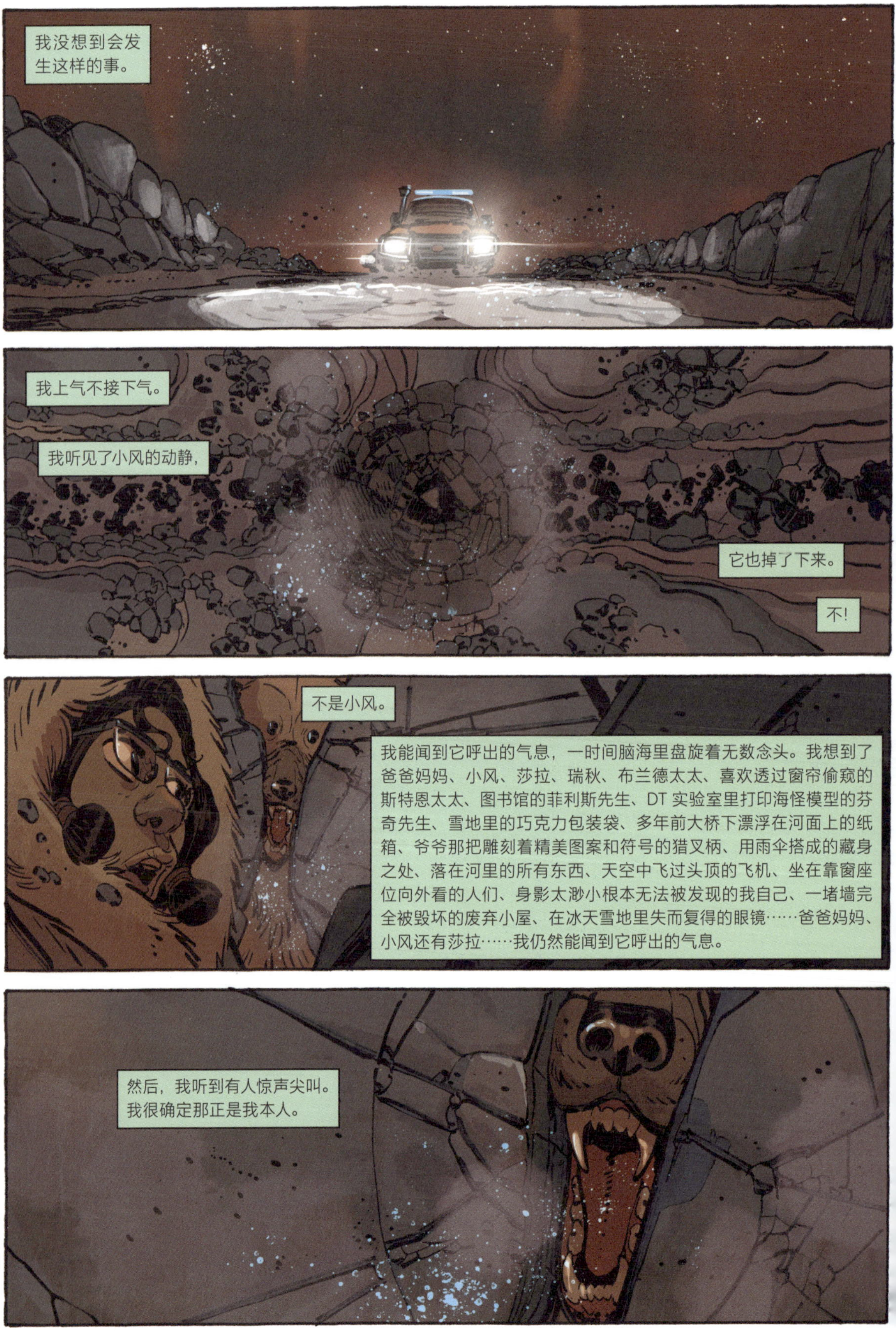
我没想到会发生这样的事。
我上气不接下气。
我听见了小风的动静，
它也掉了下来。
不！
不是小风。
我能闻到它呼出的气息，一时间脑海里盘旋着无数念头。我想到了爸爸妈妈、小风、莎拉、瑞秋、布兰德太太、喜欢透过窗帘偷窥的斯特恩太太、图书馆的菲利斯先生、DT 实验室里打印海怪模型的芬奇先生、雪地里的巧克力包装袋、多年前大桥下漂浮在河面上的纸箱、爷爷那把雕刻着精美图案和符号的猎叉柄、用雨伞搭成的藏身之处、落在河里的所有东西、天空中飞过头顶的飞机、坐在靠窗座位向外看的人们、身影太渺小根本无法被发现的我自己、一堵墙完全被毁坏的废弃小屋、在冰天雪地里失而复得的眼镜……爸爸妈妈、小风还有莎拉……我仍然能闻到它呼出的气息。
然后，我听到有人惊声尖叫。我很确定那正是我本人。

第21章
这一边
印度洋，孟加拉湾
我找准时机……
……跳！
啊！
集装箱的顶部十分坚硬。
又湿又滑。
水母！
那把雨伞再次救了我的命。
我站起身。
我必须沿着集装箱的一侧拉住渔船，把它弄上岸。
爷爷！
爷爷！我拉住船了。
快帮我一把！
萨米，咱们得走了！

绳子勒疼了我的手。
拉啊，爷爷!
萨米，你必须放手。
但是，爷爷，这是咱们的船!
萨米!快……

你必须放手!
但是……
“走吧，萨米。”

“回家吧。”
我弄丢了渔船，爷爷，我弄丢了咱们的船。
咱们没办法捕鱼了。咱们什么都干不了了。
咱们现在一无所有了。
我找回了这把破刀。
但是，我觉得它再也不是一把能带来好运的刀了。

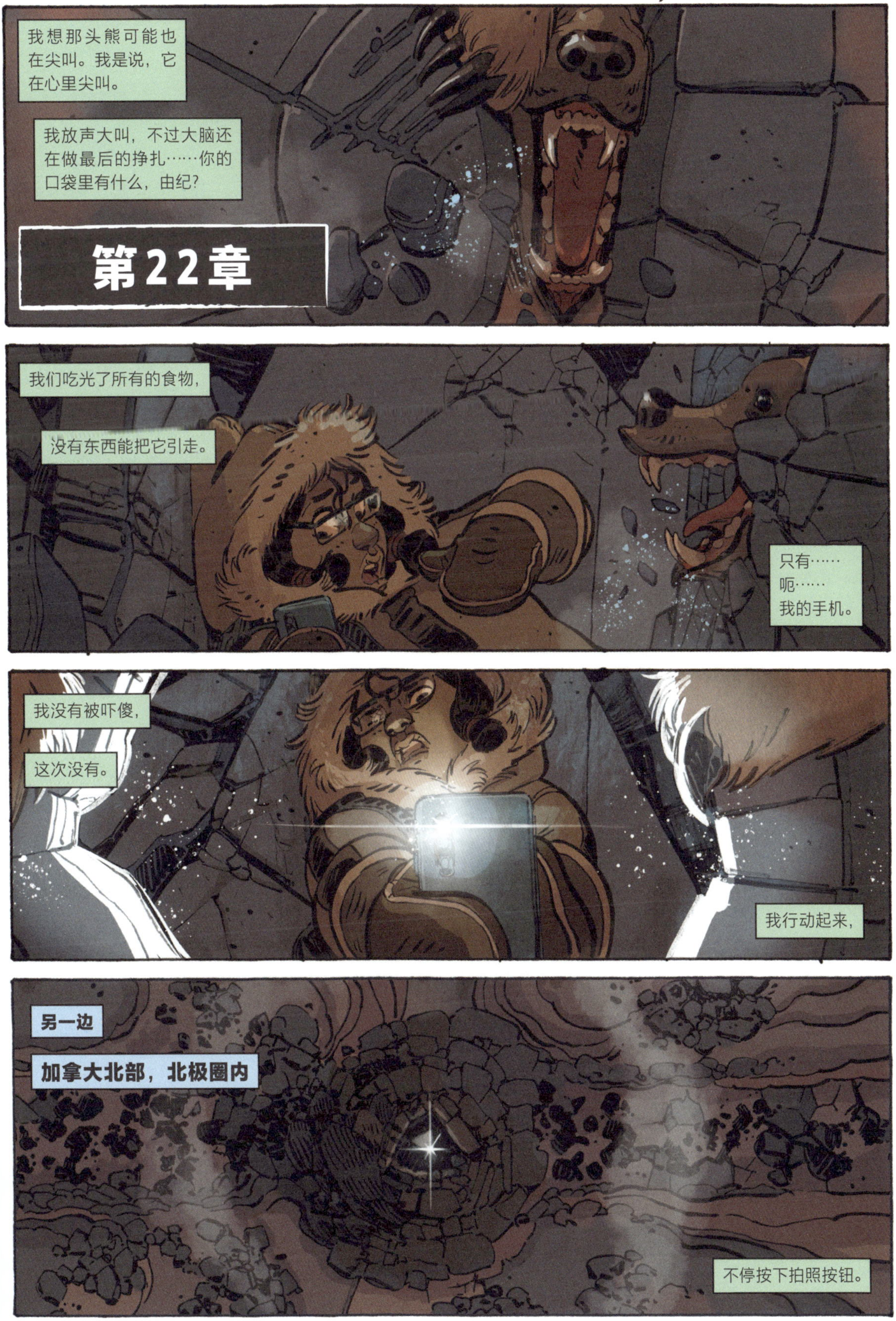
我想那头熊可能也在尖叫。我是说，它在心里尖叫。
我放声大叫，不过大脑还在做最后的挣扎……你的口袋里有什么，由纪？
第22章
我们吃光了所有的食物，
没有东西能把它引走。
只有……
呃……
我的手机。
我没有被吓傻，
这次没有。
我行动起来，
另一边
加拿大北部，北极圈内
不停按下拍照按钮。

有声音。
更多的路段陷了进去，
这是好事还是坏事？
是好事，吓住了那头熊。
而且我可以借机爬出来。
我们爬上废墟。
他们看见咱们了，小风！
这里多了很多灯光。
还有汽车。

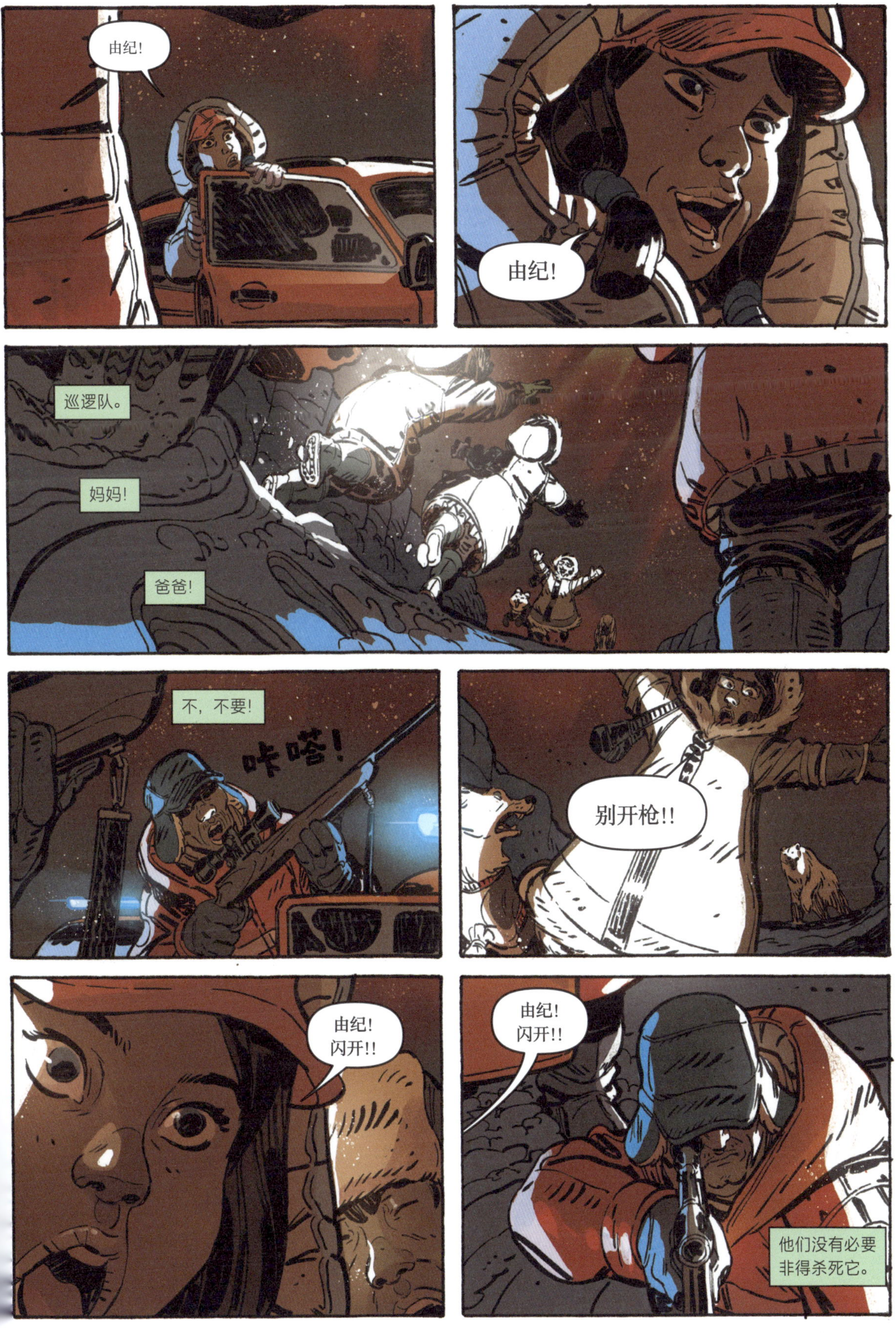
由纪！
由纪！
巡逻队。
妈妈！
爸爸！
不，不要！
咔嗒！
别开枪！！
由纪！
闪开！！
由纪！
闪开！！
他们没有必要
非得杀死它。

它只是一
头熊。
“放它走吧。”
让直升机
飞到熊和女孩
中间，收到
了吗？
我们继续前进，
继续前进，
朝着家的方向。

这一边
印度洋，孟加拉湾
第23章
我开始浑身发抖。
事实上，我已经抖了好一会儿了。但是现在，我抖得越发厉害。
爷爷帮我换下了湿衣服。
然后，他一直抱着我，帮我取暖。
对不起，我弄丢了船，爷爷。
没关系，萨米，没关系的。
至少咱们现在有幸运刀了。咱们有了妈妈的幸运刀。
爷爷的脸上划过了一丝难言的表情。
爷爷？
萨米，我……
这把刀竟然不是我们家传的那一把。
我哭了起来。
我闭上眼睛，脑海里一片空白。

早晨。
我向屋外看去。
风暴过后大家都在收拾，我睡过头了。
啊，萨米！你醒了！你几乎错过了整个早晨。
萨米，你找到的那把刀……
那不是咱们家的，对吧？我想起来了。
它是……是侯赛因一家的。
昨晚我认出了刀刃上基布里亚父亲的名字的首字母。
那个家族运气很好，有很多船。也许这把刀真能给咱们带来好运，虽说是他们家的运气。
萨米，我去拜访了他们，把刀还回去了。这样做才是对的。
他们就像你一样善良，拿回刀之后非常高兴。
但是……
我跟他们一说，他们就为了报答咱们，给了咱们一艘船。
真的吗，他们不会白给咱们吧，爷爷。
是，咱们捕到的鱼，得给他们五分之一，等付清船款，船就归咱们所有。
还有？
还有每周教他们家的孩子画两个小时画。但是，这不算什么。
所以说，这把刀真的给咱们带来了好运气。你救了咱们，萨米。
“不，爷爷，是你救了咱们。”
“每次都是。”

另一边
加拿大北部，北极圈内
第24章

妈妈抱着我不肯
撒手，她是镇上
最爱拥抱的人。

第25章
这一边
印度洋，孟加拉湾
划船、捕鱼、睡觉，
划船、捕鱼、睡觉。
一天又一天。
不过，现在渔船大了一些，
捕到的鱼也多了一些，
而且，爷爷也睡得更香了一些。
你刚才感觉到了吗？
是的，风变了，爷爷。
这就是咱们填满渔网的大好时机。
风暴过后，一切都恢复了正常。
村子重建了。
一切都恢复了。
大家也重新振作起来。
来自缅甸的人们把水稻种子种在悬崖后面的平地上。
他们不愧是农民，水稻长势不错。
人们充分利用海水冲刷后留下来的一切，
跟往常一样。

人们也开始尝试新东西。
比如那群不请自来的水母。
也许没那么难以接受。
爷爷，这把雨伞……
哈！你喜欢这把伞！
是的，它救了我的命，而且救了我两次。
我觉得这把伞来自非常遥远的地方，它一定在海里待了很长时间。
我想它的前主人肯定也很喜欢它，因为伞柄上刻着那么多图案。
还有一个地址，我觉得这是一个在电脑上使用的地址。
你想去打个招呼吗？
萨米，你从不放弃任何机会。
咱们可以跟鲁努打听打听，他认识悬崖上那个家里有电脑的男人。
也许可以用一条鱼交换。
不过一条小鱼就够了。

事实证明，我没有被熊杀死。
更令人惊讶的是，妈妈也没有收拾我。
尽管我不得不发誓，再也不做“这么愚蠢的事情”了。
第26章
唉，当然了。
另一边
加拿大北部，北极圈内
距离上次的拯救灰北极熊行动已经过去差不多一年了。
学校展览进入尾声。
我做得还不错。
实际上，我做得不仅仅是不错，
就连妈妈都露出了微笑。

关于熊的问题，也迎来了好消息。
那天晚上，我不仅阻止了他们射杀追赶我和小风的那头熊，
当地报纸还报道了我的故事。
最终，镇议会修改了原来的政策。现在巡逻队会携带一个扩音器之类的东西，可以用噪声吓跑熊。
我抓拍的照片《不要吃我》在展览中被选为“全场最佳”作品。
大家都笑了。
我的手机响了，
也许是莎拉。
不是她。
Instagram上有个我不认识的人发来私信。
谁是萨米？
哇哦！

萨米和由纪所在的位置

迷失的家园

——全球变暖之后

在你刚刚读完的故事中，关于萨米和由纪的情节是虚构的，然而其中每一个与气候变化相关的因素却都是真实的。

这本书并不是在预测未来可能会发生什么，书中提到的所有气候变化问题都是当下存在的现实难题。

每年，人类向地球大气层排放数百亿吨的二氧化碳和其他温室气体，这些气体吸收了来自太阳的能量，导致地球气候变暖。目前，全球气温已然上升到了危险的程度，极大地改变着我们周围的环境。

人类活动直接导致的全球气候变暖已经是一个既定的科学事实了。

据联合国儿童基金会估算，在全球范围内，大约有 10 亿儿童极易遭受气候危机带来的冲击，包括干旱、热浪、野火、风暴、河洪、山洪、海洪、海平面上升，以及空气、土壤和水的污染。

儿童总是比成年人更容易受到气候和环境冲击的影响。对于故事中萨米这样的儿童来说，气候变化使他们本已非常艰难的生存状况变得更加艰难。这种影响正将弱势儿童推向更深层次的困境。

这本书的立意是，我们认为气候变化是当今儿童面临的最关键的问题。我们每一代人都只是暂时居住在这个星球上。作为地球的保管者，理应为了后代好好保护这个星球。

今天的儿童对气候变化负有的责任最少，但是很不幸，他们往往是最先承受其恶果的人。为了保证子孙后代能够继承一个宜居的星球，我们每个人都应肩负起自己的责任。

约恩·科尔弗

安德鲁·唐金

乔瓦尼·里加诺

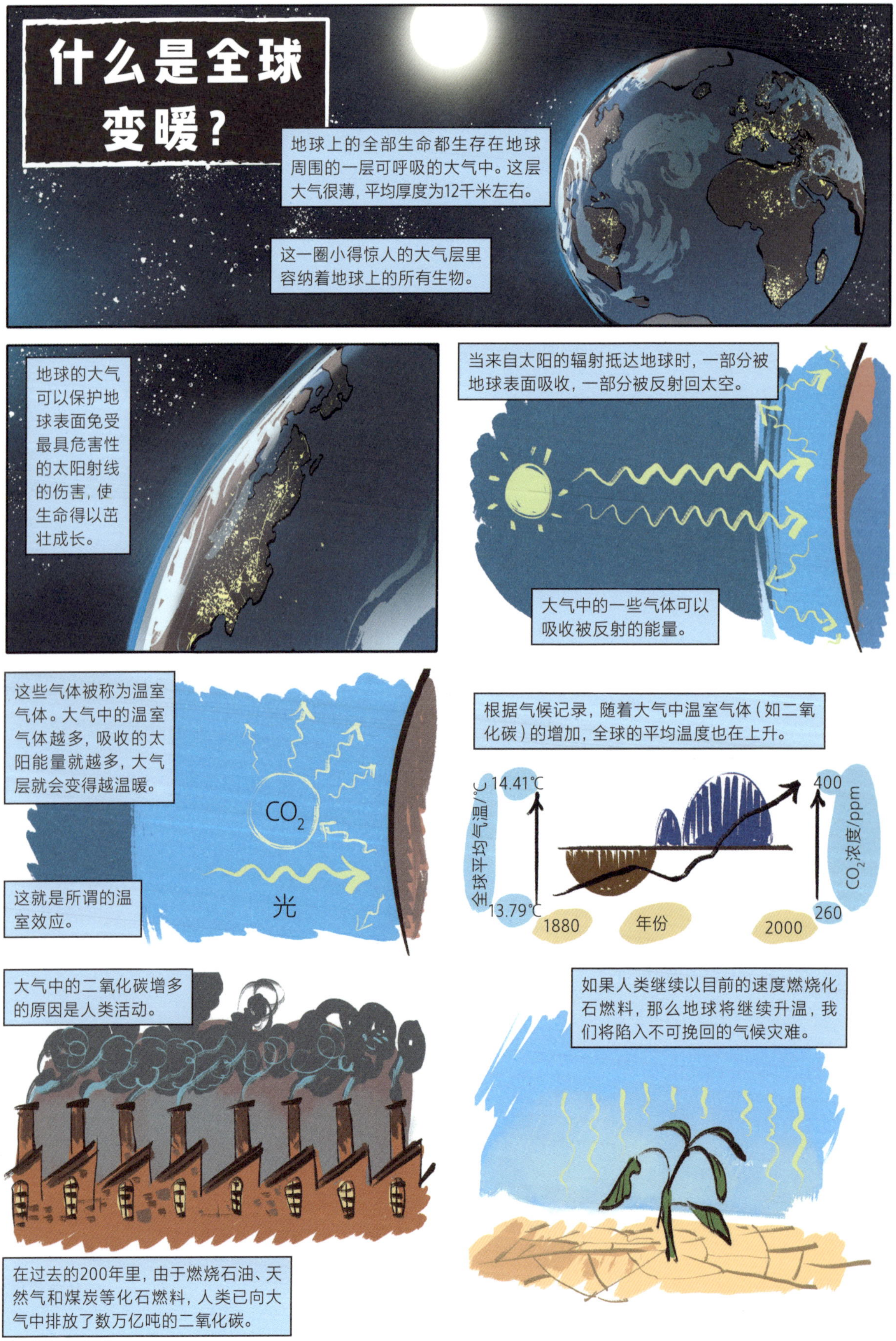
什么是全球变暖？
地球上的全部生命都生存在地球周围的一层可呼吸的大气中。这层大气很薄，平均厚度为12千米左右。
这一圈小得惊人的大气层里容纳着地球上的所有生物。
地球的大气可以保护地球表面免受最具危害性的太阳射线的伤害，使生命得以茁壮成长。
当来自太阳的辐射抵达地球时，一部分被地球表面吸收，一部分被反射回太空。
大气中的一些气体可以吸收被反射的能量。
这些气体被称为温室气体。大气中的温室气体越多，吸收的太阳能量就越多，大气层就会变得越温暖。
CO_2
光
这就是所谓的温室效应。
根据气候记录，随着大气中温室气体（如二氧化碳）的增加，全球的平均温度也在上升。
全球平均气温/℃
14.41℃
13.79℃
1880
年份
2000
400
260
CO_2浓度/ppm
大气中的二氧化碳增多的原因是人类活动。
在过去的200年里，由于燃烧石油、天然气和煤炭等化石燃料，人类已向大气中排放了数万亿吨的二氧化碳。
如果人类继续以目前的速度燃烧化石燃料，那么地球将继续升温，我们将陷入不可挽回的气候灾难。

在萨米和由纪的故事中，所有气候变化事件都是真实的，是当下正发生在我们的星球上的。
全球气温上升正引起重大变化。
在全球范围内，高温正导致北极海冰融化、南极冰盖向海洋坍塌，以及陆地上的山地冰川融化、缩小。
随着冰盖和冰川融化的水流入海洋，世界各地的海平面持续上升。
许多国家位于沿海地区的低海拔城市正面临着被淹没的危机。
对于生活在海冰上的动物（比如北极熊）来说，海冰融化是一个噩耗。
随着海冰融化的时间逐年提前，北极熊的捕猎变得越发困难，它们不得不游到更远的地方觅食。这经常迫使它们登上陆地，与人类发生直接冲突。
气候变化迫使北极熊向南寻找食物，与此同时，灰熊（棕熊的亚种）的活动范围也在向北扩大。
这两种熊在相遇的地方，繁殖出了它们的杂交种——灰北极熊，就像由纪故事中的那头一样。遗憾的是，杂交熊既不能适应南方的生活，也不能适应北方的生活。
不只海冰融化，北方的高温同样使得本应常年冰冻的永久冻土开始融化。
当这些包含腐烂植物的沼泽区域解冻时，会释放出大量的甲烷——另一种使大气变暖的温室气体。
正如由纪发现的那样，湖底的腐烂植被也会释放出甲烷，甲烷可以以气泡的形式冻结在某个位置。
永久冻土的融化是所谓“恶性循环”的一个例子。
气温越高，永久冻土融化得越多，释放出的甲烷就越多。这使得地球进一步升温，导致更多的甲烷被释放出来。
另一个恶性循环的例子是冰面融化，暴露出藏在冰面下的陆地或海洋。
比起深色的陆地或海洋，白色的冰面可以反射更多的太阳能量。
随着地球变热，冰面融化得越多，暴露出的陆地和海洋就越多，吸收的热量也就越多，进而使地球变得更热，导致更多的冰面融化。

部分冰盖和冰川融化后，寒冷的淡水流入海洋会改变深海洋流，从而扰乱全球范围内海水的流动。
洋流非常重要，因为它们会将热量重新分配到地球周围，影响着地球的温度和天气。
随着全球变暖，地球上的海洋也在发生变化。
温暖的海水比寒冷的海水含有更多能量，这会引发更剧烈、更频繁的风暴和气旋，正如我们在萨米的故事中读到的那样。
升温的海洋也会变得酸性更强，
这导致了珊瑚礁的白化和死亡。
海水酸性越强，浮游生物就越少。而浮游生物是海洋食物链的基础，海洋中浮游生物的减少意味着鱼类的减少。
随着全球变暖的加剧，热浪也在世界各地变得越来越频繁和极端。
热浪带来野火爆发的危险，而野火会威胁动物和人类的生命，并带来财产损失。
许多人需要依靠稳定、可预测的气候，借助特定时间降临的雨水来进行农作物种植。
当全球变暖改变了气候，尤其是降雨，农作物就会减产，让大量的人面临饥荒或干旱。
全球变暖将最先、最严重地影响世界上最弱势的人群。
发展中国家的人民往往被迫最先应对艰难而具有挑战性的气候条件。
因极端天气事件而流离失所的人被称为气候难民，其人数每年都在增加。
气候变化还可能增加人类冲突和战争发生的频率。
人们将被迫争夺日渐稀缺的资源，如淡水、食物，以及储量日益减少的矿产。
科学家们一致认为，人类活动是导致全球变暖的原因。如果我们不迅速采取行动，大幅减少化石燃料的使用，情况只会变得更加糟糕。
那么，我们能做些什么来减少温室气体排放、阻止气候变化呢？

2016年，178个国家签署了《巴黎气候协定》，承诺2050年实现碳中和（净零）。
并且，将全球气温上升限制在“远低于”2摄氏度的范围内。
要做到这一点，所有国家都需要摆脱煤炭、石油和天然气等“肮脏”的化石燃料。
这不是一项简单的任务：几十年来，大型化石燃料企业为了继续获得巨大的短期利润，一直否认气候变化的存在。
人类必须转向使用可再生能源，即更多地利用太阳能、风能、波浪能和水能。
我们还可以创造更多的碳汇，以及保护现有的碳汇。
碳汇是吸收和储存碳的载体，包括森林和土壤（比如泥炭地）等。
树木，尤其是低龄幼树，可以从大气中吸收二氧化碳。
另一项积极措施是通过更好地隔离住宅和工作场所来减少能源浪费，并确保使用节能的家用电器（比如冰箱）。
就个人而言，每个人都可以采取很多行动来减少自己的碳足迹。
少吃肉类——尤其是牛肉；
尽可能步行或者骑自行车（减少开车出行）；
重复利用废旧物品；
减少乘坐飞机。
世界各地的青少年也开始关注气候变化，他们正携手并肩，用实际行动呼吁同龄人积极应对全球变暖。
青少年还通过互联网、社交媒体发起气候挑战、推广讨论话题等，用轻松愉快的方式普及气候知识，提高人们的气候意识。
但无论个人采取什么样的行动，效果都是微乎其微的，更重要的是我们必须在社会、工业和商业方面进行巨大的变革，以减缓并最终扭转全球变暖的趋势。
这是确保我们未来可以拥有一个宜居星球的唯一方法。

人物速写图

由纪

约恩 · 科尔弗是国际畅销书《阿特米斯奇幻历险》系列小说的作者。他还创作了很多其他主题的作品，包括：

时间旅行：WARP 系列；

龙族：《高火》(*Highfire*)；

宠物犬：《不叫的狗狗》(*The Dog Who Lost His Bark*)，与 P · J · 林奇（P.J. Lynch）合著；

想象的朋友：《幻想中的弗雷德》(*Imaginary Fred*)，与奥利弗 · 杰弗斯（Oliver Jeffers）合著；

钢铁侠：《漫威钢铁侠》(*Iron Man the Gauntlet*)。

其作品被多次改编成电影。他获得过许多奖项，包括英国年度儿童图书奖、爱尔兰儿童图书年度图书奖和德国年度儿童图书奖等。

安德鲁 · 唐金的漫画小说和儿童读物已被翻译成 30 多种语言出版，在全球销量超过 1000 万册。他撰写了 80 多部作品，包括《蜘蛛侠》《超人》《神秘博士》《罗尔德 · 达尔》《威廉 · 莎士比亚》等虚构和非虚构作品。他喜欢看漫画、讲故事、喝茶。《星期日泰晤士报》称他为“漫画小说大师”。他和约恩 · 科尔弗密切合作，把《阿特米斯奇幻历险》和《超自然主义者》改编成了漫画小说，深受好评。

乔瓦尼 · 里加诺是一位意大利的艺术家，也是许多欧洲畅销漫画小说背后的创意梦想家。他曾为迪士尼－皮克斯的《超人总动员》《加勒比海盗》《恩坎托》和《巴斯光年》供稿。他的原创漫画小说有《水仙花》(*Daffodil*)、《令人毛骨悚然的过去》(*Creepy Past*)，以及改编自阿兰 · 布格兰－杜布尔（Allain Bougrain-Dubourg）的作品《动物来信》(*Letters from Animals*)。乔瓦尼与约恩 · 科尔弗和安德鲁 · 唐金合作的作品《移民》获得了多个奖项，包括爱尔兰儿童图书年度图书奖、美国父母选择金奖、红皮书奖等。

图书在版编目（CIP）数据

迷失的家园：全球变暖之后 /（爱尔兰）约恩·科尔弗，（英）安德鲁·唐金著；（意）乔瓦尼·里加诺绘；王冬芳译．—北京：科学普及出版社，2024.7

书名原文：Global

ISBN 978-7-110-10725-6

Ⅰ. ①迷… Ⅱ. ①约… ②安… ③乔… ④王… Ⅲ. ①儿童小说—长篇小说—英国—现代 Ⅳ. ① I561.84

中国国家版本馆 CIP 数据核字（2024）第 070045 号

策划编辑：李世梅

责任编辑：李世梅　吴雷雷

助理编辑：刘　岩　王丝桐

封面设计：安＆宁

版式设计：巫　粲

责任校对：吕传新

责任印制：李晓霖

出　　版：科学普及出版社

发　　行：中国科学技术出版社有限公司

地　　址：北京市海淀区中关村南大街 16 号

邮　　编：100081

发行电话：010-62173865

传　　真：010-62173081

网　　址：http://www.cspbooks.com.cn

开　　本：787 mm × 1092 mm　1/16

字　　数：260 千字

印　　张：9.5

版　　次：2024 年 7 月第 1 版

印　　次：2024 年 7 月第 1 次印刷

印　　刷：北京顶佳世纪印刷有限公司

书　　号：ISBN 978-7-110-10725-6 / I · 715

定　　价：89.00 元